U0130915

文學叢書 233

老海人

夏曼・藍波安 著

父親（左）與叔父。

父親與叔父　從海裡學習海洋的歌聲
我　從他們的血液學習在海裡自我放逐
海洋　給我們無限展演生命延續的舞台

高三時期的夏曼（左）。

紅頭部落：釣鬼頭刀魚的船隊。

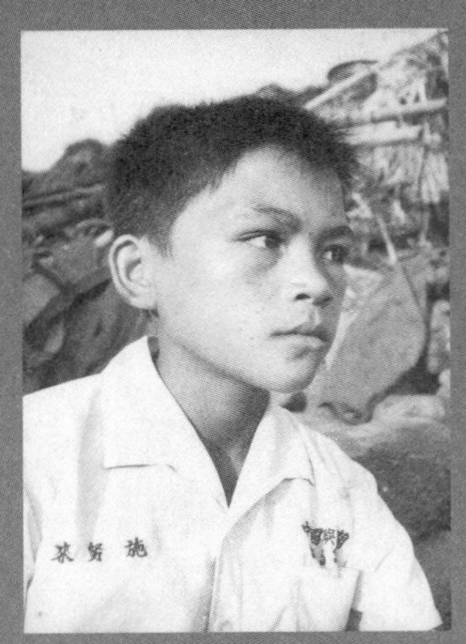

上圖：國一時期的我。
下圖：還年輕的我（右）和兒子小時候。
左圖：部落年輕人（右）學習潛水，我們在這裡相遇。

IST
WIPIKA

劉嵩／攝，夏曼‧藍波安／提供

目次

小蘭嶼看大蘭嶼。MaoPoPo／攝，夏曼·藍波安／提供

清晨的釣鬼頭刀船隊（mataw）。MaoPoPo／攝

黃筱威／攝

自序

滄海

我是父親的獨生子，父子倆相距四十年。在我記憶的童年時期，我經常纏著家父在夜間帶我外出，無論颱風下雨。當時我們島上還沒有電，最多的就是興隆雜貨店的煤油燈，看看煤油燈，看看雜貨店裡的雜貨，看看那些國共戰爭、二戰時期的老兵在店內喝高粱消磨人生的歲月，常常問著自己，說：「他們是哪裡來的人？」

颳著風，下著雨是我島上秋季的氣候，父親裸著上身，而我是全裸的被他揹起，離開雜貨店煤油燈照明的範圍之後，那眞是一片漆黑的世界，父親的雙腳走在部落的石子路上，他的腳掌似是走在平面的水泥路上，我形容父祖輩們，那個世代的人的腳掌是靠著體內電波走路的人，父親邊走邊跟我說達悟人的童話故事，起來的時候已是天亮了。

天氣良好的夜色，月亮照明部落的空景，孩子們在海邊玩著自創的遊戲，流了汗就衝入海裡泡。彼時，部落的男人經常聚集在最靠近海邊的家人庭院說著古老的故事，說著男人在海上的故事，一會兒寧靜的聽著長老的故事劇情，一會兒衆人合聲唱著古老的歌，而我就沉睡在父親的胸膛，直到我會跑步，不被颱風浪趕上之後，我開始坐在父親與小叔公身邊繼續聽屬於這個島嶼民族的神話故事。

島上墨之色的夜躺在涼台上，從母親哪兒聽到關於天空的眼睛的故事，聽見關於Pina Langalangaw①（仙女），也聽見達悟人與魔鬼戰爭的故事，那些記憶裡的故事，在我進入了漢人的學校教育之後，老師所有的故事跟我聽的完全不一樣，於是何者是正確的，何者是錯誤的，在我的腦海開始被攪混。

一九七〇年小學畢業時，老師告訴我說：「將來當個老師好好教育你們蘭嶼這些『野蠻』的小孩成爲『文明人』。」

一九七三年台東中學畢業，我寄宿的神父告訴我說：「考不上大學就去輔仁大學念西方神學，將來當神父馴化你們蘭嶼那些不認識上帝的『野蠻』人成爲『文明人』。」

在我的記憶裡，他們都是外國人，都很希望我們變成他們想要形塑的「人樣」。

一九六六年的秋天，我與表弟都有同年同月出生的兩個妹妹，父母親上山，或是父親出海抓魚的時候，我們經常在一起玩耍，一起照顧妹妹。秋天的太陽，秋天的灘頭海浪梳理我們的童年記憶：我與表弟在微浪波及的砂粒上築起小海池，讓四個小妹妹在池內泡海水，彼時我們就拿著退除役官兵輔導委員會發放給我們的蚊帳游泳捕魚，那個時候我們是八歲的小男孩，可是早已有了如何區分男性吃的魚[2]與女性吃的魚[3]的基礎常識，也至少知道十多種淺海魚類的名稱，更妙的是，妹妹她們的年紀，在傳統上是最適合吃kuvahan魚的年紀。因此我和表弟用肉眼（沒有水鏡）潛水，就只有網kuvahan，其他的魚類就放回大海。

回到部落的家，我們也知道父母親分類沸煮男性、女性魚類的鍋，以及木盤，那時妹妹她們分別是五歲、三歲，妹妹她們吃得非常的高興。不過我的親妹妹和她同年的表妹，在那年的冬天也同月的辭世。父親土葬二妹的同時，母親帶我與大妹在河溪清洗肉身時，對我們說：「願你們兄妹的靈魂凶悍（「凶悍」的意思是，希望我們的肉體能夠抵抗疾病，適應自然節氣），小妹的靈魂是被天上的Pina Langalangaw（仙女）招回的。」

---

①達悟語，指天上的仙女祝福人出生的，以及死亡的靈魂，就是生死之時辰由她掌握。某些改宗後的達悟人，生死之魂已交給了西方宗教的上帝了。

②男性吃的魚稱之rahet，意思是「不好的魚」給男性吃。

③女性吃的魚稱之uyud，意思是「海裡眞正的魚類」給女性吃。

夏曼．馬多博士（左）：新一代海人。劉嵩／攝，夏曼．藍波安／提供

彼時我性格的「兇悍」是呼應自然環境的鼻息，融入在父祖輩們人格化環境生態的信仰裡，做個卑微的自然主義者，而仙女就生活在某個星球裡，成爲我挫敗時告解的對象（母親告訴我的）。

老師、神父在我成長的過程中不約而同地，帶有濃厚的殖民者心態，說我民族是「野蠻」，要我將來走上符合他們價值觀的職業，形塑我由「野蠻」轉向「文明」這個意義好像我的民族眞的是「野蠻」。然是我體內的血脈，腦紋似乎對這樣的文明職業不是非常的有興趣，老師與神父最後對我偏離他們形塑的航道的表現，當然是非常的失望，當然我靠自己完成大學課程也令我的父母親非常的失望，畢竟同時符合父母原初的「野蠻」條件，老師、神父進化的「文明」標準是困難的。這是兩條平行線，兩個世界的人的想法，我被夾在中間，我認爲他們都是正確的。我的經驗解釋是，這是人類與自然環境的親疏關係：愈接近自然環境生活的人稱之「野蠻」（跟生態環境情感濃厚）愈遠離自然環境生活的人稱之「文明」（用自然科學解釋生態，沒有情感），信奉西方宗教的一神論者是「文明」（outsiders），泛靈信仰的自然主義者是「野蠻」（insiders）。

我無法精確的選擇，無法判斷何者是正確，何者是錯誤。最後在飛魚季節每天選擇夜間划著自製的拼板船出海捕飛魚，給自己尋找一個寧靜的空間，在海上欣賞天空的眼睛，繼續的盯住那顆既不明亮也不昏暗的nuzai星（達悟人航海的星座），天上仙女爲我亡靈選擇的

星座。其次，用達悟族的視野思考月亮的出沒，思考她的盈虧為何不像太陽那樣永遠從東邊上升，永遠是飽滿的而刺眼的。假如我可以選擇的話，我選擇月亮的盈虧過生活，上旬月從西邊出現，飽滿的時候從東方上升。

在飛魚汛期結束後，在每天的午後拿著自製的魚槍在水世界上下浮沉的潛水，潛到海底選擇女人吃的魚給我孩子們的媽媽吃，而水世界裡的浮游生物會告訴我潮汐變換的強弱時段，此時我開始跟孩子們的媽媽敘述我在海裡的故事了。然而，水世界裡的綺麗美景，即便就在她的腳下，她也只能想像我在海裡潛水，在夜間划船捕飛魚是蘭嶼島達悟男人天生該有的生存本能。

是的，達悟男人天生該有的生存本能，在我回家定居之後都做到了，然而那些事並不是我內心感到最為欣慰的。當自己年過五十之後，兒時小叔公、父親、大伯是我最思念的人，是他們的故事教育了我。

小叔公在我父親他們出海夜航，在部落鄰近的海域用火炬，用掬網撈飛魚的時候，往往是午夜過後的時辰。小叔公抱著我觀賞十人船舟用掬網撈飛魚，要我長大時把青春獻給海洋，才可以創作美麗的詩歌歌詞，才可以編劇男人與海洋的故事。如今回想起來，小叔公為何如此喜歡對我說故事，父親、大伯也是，甚至仍健在的叔父，他們都喜歡跟我說故事。

二〇〇七年，叔父與我合力建造一艘雙人四槳的拼板船，彼時他已是八十二歲的老人了，他在我們家族公用的林地敘述我叔公們的故事，他的達悟語彙經常使用masyakan，語意是說，身體潛在的「野蠻」體力是用來與巨木「格鬥」的，即便那時他已八十二歲，然而他斧削的木塊一根木絲也沒有，非常的乾淨，但叔父未曾對我說他累了，濃縮叔父的話，就是**「尊敬每塊取來造船的樹材」**。他伐木的同時，寧靜是他原初的體能的泉源。

學校教育學來的知識，對我而言是「理性」看世界，父祖輩們給我的教育是，用「寧靜」觀賞海洋。我聽得懂他們的故事，他們划過的海我划過，他們潛過的海我潛過，他們走過的山林我走過，他們抓過的魚類我也都抓過了，也回敬了我這些尊敬前輩，原來他們跟我說許多的故事就是要我將來當個「作家」。

然而，我還未進階到他們用「寧靜」看世界，在自然環境裡萃取「寧靜」的層次。

《老海人》這本小說的角色，安洛米恩、達卡安、洛馬比克他們各自擁有很美的達悟名字，但美麗的名字在他們的現實生活裡卻不美麗，他們是部落裡的邊緣人，在陸地上「酒精」是他們喝醉時對話的對象，清醒的時候，他們在海洋裡恢復自尊的寧靜，日復一日，年復一年，「海洋」終究一直在包容他們，當然也不可能拋棄他們。畢竟海洋本身是沒有邊陲，也沒有中心，她有的只是月亮給她的脾氣（潮汐）。

在此，誠摯的感謝《印刻文學生活誌》、「國家文化藝術基金會」的朋友們給我的支持與關懷。

七十六歲的堂哥（左），他最後的拼板船。

當然更要感激我孩子們的母親，在我靈魂先前的肉體度往生後，認眞的經營兒子的田產，常常孤守我們蘭嶼的家屋，而遺忘了化妝，而我也時常遺忘買保養品給她，於此同時，也祝福在大西洋海上工作整整一年的兒子，平安歸來，也欣慰在台北的兩個女兒過了叛逆期，多了美麗。

二〇〇九・八・九
完稿於蘭嶼家屋

劉嵩／攝，夏曼．藍波安／提供

安洛米恩的視界

一

汪洋與天空每分每秒在變化的接壤處，我的民族稱之爲「do asked no wawa」，意思是氣候變化的故鄉，以及波浪起伏的原點。在不同的季節天候，從我們祖先的時代開始，他邀約我們航海，也時常把我們逼退回陸地；豐收由他賜予。對於我們這個島嶼民族而言，do asked no wawa營造了無限寬廣的幻想空間，讓我們想像著海平線下水世界的種種，想像著海平線上的陸地與其他的人們，以及宇宙的星空。當然，我民族過去在汪洋上航海，相關於死亡軼事的敘述至今仍然是集體性的禁忌。於是，所謂的航海，其實指涉的是達悟人在島嶼近海以人力划拼板船所及的範圍，重疊著do asked no wawa的邊際。

汪洋每天都在上下左右起變換，長久以來很自然的構成了我們島上的人望海的習慣，思考的對象，以及漁撈農事的依據。這是很久以前我的民族最先確認夜空翻白的標誌，它不僅是日夜交替不變的標誌，而且也是我們認定天候海象好與壞的預報員，同時透過它來分辨太陽落海時的位置，是我們的祖先累積經驗明白春夏秋冬季節變換最基本的常識。尤其是島上的男人對氣候海象的變化似乎是特別的敏感，也許這是生存的基本法則吧，就像島上的人經常掛在嘴邊的話，「如果男人不下海抓魚，魚不可能自動飛到家裡來的。」這是我們原初經濟自給自足的原始觀點，我民族的現實論點吧。

我的表弟安洛米恩年紀雖然不到三十，就他的同輩來說，算是觀測天候最優秀的氣象播報員，只是我的部落一直沒有人相信他這一方面的知識，因爲部落的人說他是「神經病」、「不正常」的人。他從小就對天候海象抱持著很大的興趣，晚上仰望閃爍的天空的眼睛，白天游泳潛水體驗潮汐的流動變化，這是他國小六年的「畢業證書」，也是他自身後來許多問題的來源。

灰色的中層雲從我們部落面海的右邊方向被風吹向島嶼的這一邊，這樣的微風在部落的清晨，感覺起來令人心怡舒暢。在飛魚季節期間，如此的風向，掀起的微浪，我的民族稱之avalat（西南的風、浪），是最適合拼板船航海釣鬼頭刀魚的波浪，波浪起伏的平均高度約莫一公尺上下。從陸地的部落觀望，海面經常可以觀賞到微浪宣洩的景致，此波起那波落，起起落落皆被我們祖先的經驗認爲是鬼頭刀魚浮出海面獵食飛魚最佳的海象，也是經驗豐富的老漁夫的最愛，說是捨不得放棄出海的日子。

我剛去世的大伯與先父不曾間斷的在我耳邊回憶的說：

Ma sosozi a tao kano apya so keinanoman so tatala mangai mataw,（唯有凶悍的男人，以

及船身平穩才會在西南的風浪出海釣鬼頭刀魚，）ano marawa namen do vanowa am, paralahen namen a kalowas namen pa a,（假如我們在灘頭被海浪打翻船的話，我們把船推上岸，然後再次的出海，）tao si cyakwa rana yam, yarana matatahaw rana, ta yarana mazezyak o tao si cyakwa ya.（現今的男人，早已不凶悍，怯懦了很多，因為他們說的話比出的力氣多了。）

這些話猶存在耳根，記憶在心海，乘坐自己建造的拼板船，一個人在夜間海上捕飛魚，思考著一次大戰前出生的前輩，說的話比出的力氣少的哲理，以山海的肢體勞動取代所有話中隱含自誇的語氣。望著星月思考父親們說的話，才眞正體悟到人在大海中是沒有驕傲的能量，也才明瞭觀測天候海象潮汐的經驗，對達悟男人的重要性。原來現在的人多了驕傲的嘴角，少了許多沉靜謙虛的氣質。也許，說的話比出的力氣多的意義是，假如把人喻為是生態環境裡的物種的話，這個「物種」的品質是差的，說這棵樹的肉比較鬆，因水分吸得多，就容易腐爛，不僅如此，樹質差的木頭拿來當柴燒，冒出的煙特別多，特別會嗆人，燻的魚乾也特別的黑。

安洛米恩的父親，夏曼·沙洛卡斯在天空剛翻白的同時，就蹲坐在涼台上，若有所思的盯著視野所及的海面觀望海象。從太陽出來的地方到落海的海平線，從岸邊的部落灘頭直線到海平線，哼著傳統古調，島上耆老慣有的懷舊習性，厚古薄今。未曾使用過香皂洗臉的安洛米恩，此時雙眼直視遙遠的海平線，口嚼一粒檳榔吐出第一口淡紅色口液漱口後，自信滿滿的對父親說：

「Tana jika rana milingalingai yam, kapiyahen na papatawon ya mo yama.（你就別再假裝觀望海啦，這是最適合出海釣鬼頭刀魚的海象，爸爸。）」

「Ikongo mo katenegnan ya, a somagpiyan a Tao.（像你這樣神經病的小鬼，你懂什麼？）」飽受風雨曝曬的臉，濃密眉毛下眼白混濁帶黃的雙眼，暴露憤怒，瞪著孩子不屑一聽，音量放低，咬牙的說。望海觀察海面海平線是所有男人出海前的習慣，此刻老人的心中很訝異孩子說的話的精確性，訝異他這部分的知識與自信勝過於他。

「Ano simi panganga rayo sira o keiliyan ta am, jika maneneseh am.（假如部落的男人回航都釣到鬼頭刀魚的話，別責罵我沒有提醒你。）」話中彷彿在暗示什麼似的。

「Ikongo mo katenegnan ya, a somagpiyan a Tao.（像你這樣神經病的小鬼，你懂什麼？）」老人再次的重複他的話，但懾人的氣勢已沒有先前那樣的令安洛米恩害怕，就像浪頭有起有落似的情緒，彷彿孩子說了「釣到鬼頭刀魚」的話後，老人心中就篤定要出海，性情也柔和了許多。也許已是七十來歲的老人，從小深受傳統信仰的洗禮，一直遵照我們民族傳統歲時祭儀使然吧，縱然他在六十歲之後的脾氣變得非常易怒暴躁，但在每年的飛魚季節期間，他是不得不收斂，埋葬暴躁，這是因爲要避免飛魚神提早招喚他的靈魂之故，同時也是要尊重部落的人，萬一說出詛咒相關於飛魚神的詞語，會被部落的人以尖銳毒辣的語言圍剿臭罵

他。因爲部落裡的婦女們的評論，說他是比較沒有涵養的人，品質差的男人。

「Mangamizeng ka syo mo yama am, do rayon yam.（你應接納良言，爸爸，在飛魚季節期間。）」

「Mo nanawo wan jyaken, mo koymo.（憑什麼教訓我，小鬼。）」安洛米恩笑了，假如不是捕撈飛魚的季節，他的父親早已說出詛咒他的相關的語言，譬如「去死吧！小鬼」、「你在這人間是多餘的人渣」等等的，但老人把這樣的咒語呑在喉頭，難得聽見父親溫柔的說話語氣，以及數分鐘後慈祥的面孔，這是他露出暗黑牙齒微笑的原因。

正如安洛米恩所說的，太陽尙未照射到面海背山的部落前的清晨，部落裡的男人紛紛帶著釣鬼頭刀魚的漁具走到灘頭，把自己建造的拼板船推到離海浪只有一公尺左右的距離整理槳架槳繩，等待其他要出海的族人。俟出海的人到齊後，方按著年紀的大小，有次序的切割海浪出航，尊重比自己先見到陽光的長輩。這一幕有次序的出海，是安洛米恩從小到現在最喜歡觀賞的，每年的papataw（二月或三月）都在重複的儀式。

雲層色澤的變換令人捉摸不定，在這個逐漸現代化的島嶼已看不見四十歲以下的年輕人參與釣鬼頭刀魚的船隊，而尊重比自己先見到陽光的長輩的眞理，在現今涵化過程中，逐漸不再依賴耆老們的經驗知識了，所以也只有六七十歲的耆老仍堅持延續釣鬼頭刀魚這樣古老的儀式。

夏曼．沙洛卡斯，雖然是我部落裡許多在一夕之間，一九四六年之後成爲中華民國公民的其中之一，但任何所謂的認同什麼什麼的「國籍」對我這父執輩們來說，鬼頭刀魚、飛魚顯然比所謂的「國家」來得重要，也比較有意義，或是更認同吧。我在這兒想要說的是，安洛米恩的父親，夏曼．沙洛卡斯是我部落裡在一夕之間成爲中華民國公民之後，公認的第一代「酒鬼」，而且對於這個頭銜，某種程度是他的榮耀，也就是說，外來的消費物資在我們的島嶼被廣泛的使用後，榮耀與恥辱無形中界線被模糊化了，他的經典名言是「你酒醉，我不酒醉。」（台語）聽說這是部落裡的小孩經過一段時間的觀察，然後蒐集他喝過的酒瓶賣給外省人開設的雜貨店，把換來的錢再買一瓶米酒之後，另一瓶灌上相同量的水的故事。聽說這是六〇年代初的事情。一群小孩對他說：

「Nani toro jimo ni Sazo ya.（這是那個雜貨店的瘦皮猴孝敬你的酒。）」

「Manoyong? kowan na.（眞的嗎？）」老人遲疑的問。

「Manoyong mo maran.（眞的啊？叔叔。）」

「Am, miminen mo si jyatwayi ya, kowan na.（可是，你現在立刻把它喝完，瘦皮猴說的。）」

老人心情愉快的拿著終年懸掛在涼台椿柱邊已生了鏽的開瓶器。他理解很多，在我們的部落裡，只有那個瘦皮猴的雜貨店肯讓他長期賒帳，而他也只買他雜貨店裡的酒，回饋他是理所當然的事，心中如是的推想，也認爲合理。

孩子們先拿給他裝了水的酒瓶，夏曼．沙洛卡斯一口氣把它喝光，接著孩子們再送上眞

正的紅標米酒，喝到一半時，他停住以慈祥的微笑看看那群孩子們，說：

「Yama kopakopad ya, am yapyapya.（這一瓶酒比較苦，可是比較順口好喝。）」終日泡在海水度日的孩子們莫不相互交換煞是騙術成功的雙眼的驕傲樣。說完一瞬間眞正的米酒喝得精光，同時孩子們也散了，這是孩子們認定他是「酒鬼」的儀式。

「Maka bezbez kappa mo yama, ta yaro rana tao do vanowa.（爸，動作快一點啦，灘頭已經聚集很多人了。）」

「Peipaya ipangap mo so saki, tei isa ta so saki.（這個錢拿去買酒，我們各一瓶。）」這正是預祝他父親「釣到鬼頭刀魚」最終的目的，就是討得一瓶米酒當作早餐。

二

安洛米恩蹲坐在灘頭右邊看著這些白天釣鬼頭刀魚的船隊出海，這群耆老被太陽長期曬黑的臉，散發某種被海洋淬鍊的特質，彷彿他們眼前的海洋、鬼頭刀魚、飛魚就是他們認知這世界的整體，於是心中非常敬佩這些長輩。但明顯的是，他外表經常表現出，尤其是他幻黃的雙眼瞧不起他們的眼神，讓人體會不出他黑色眼珠下敬仰他們的心。對他來說，這是他內心世界一直存在的矛盾。耆老們在灘頭相互交換昨日在海上拖釣大魚的心得，聽在他耳朵，眼前的海洋、鬼頭刀魚、飛魚就像暗潮急流漩渦似的吸住他跳動的心脈。此刻，外表好像經常慵懶的他，眼神專注盯在正在整理槳繩槳架默不吭聲的父親身上。他明瞭父親沒有被酒蟲干擾前的正常氣質，也像部落裡的男人放射出內斂沉著的神情。因而，被父親經常臭罵爲「一無是處的小鬼」，就是自己擠不出如父執輩們在海上與波浪抗衡的鬥志，他默想在心中，感覺父親徹底是瞧不起他。當然，我的部落裡大大小小的人，也沒有一個人瞧得起他。於是眼前晃動的這些活生生的人影，在他腦海是非常尊敬他們的，只是已經有很長的時間族人把他歸類爲「不正常」的人，使他不得不以「不正常」的態度對待以爲自己是「正常」人的族人，尤其是出海的這群男人。

拼板船一艘接一艘的，男人划著自己建造的船出海，木槳插入海裡刻畫出島上男人被隱沒的驕傲與記憶，船舟好似開刀房裡的手術刀輕易的切割波浪前行，此景此刻他看在眼裡，卻像是扎實的割裂，他極度渴望參與這項從小即有的，也是他認定自己是眞實的達悟男人氣概的夢想。這是他從小就孕育的夢想，現在已是成年的他，二頭肌、三頭肌的肌肉正是划船時被海浪訓練結實的階段，可是他的父親平時就對他刻下了咒語「了無生存鬥志的小鬼」，讓他完全順著這句話失去了自信心。想到這句話，讓他思念他心愛的母親臥病在床的時候對他說過的話，「縱然你在部落裡被認定爲一無是處，但總得爲自己學習一項可以依賴海洋生活的技能。」我是眞的一無是處？他如此的反省，看看自己已消瘦許多的肌肉，這不是歲月催他肌肉提前老化，而是他肉體酒精的比重比水分高。

部落灘頭的拼板船只剩下一些破舊不堪的朽木，如他慣有慵懶的外表，都逝去了昔日

的雄姿與元氣。安洛米恩看看在海上已遠離陸地的船，左手握著米酒瓶越過了水泥建造的馬路，此時太陽正在我部落面海左邊的山頭，心情難得愉快的他繞了幾條巷子來到我家的涼台。

「Kakakong!（表哥，你好！）」就像平日一樣他慣有的慵懶語氣問候我。除我之外，在我們的部落裡，他是從來就不以叔叔稱呼長輩，或是表哥表弟稱呼平輩，這是他從小就「目中無人」，不懂敬人者人恆敬之的道理，長大後被排斥的原因。

安洛米恩畢竟是我很親的表弟，雖然他是我們島上戰後少數沒有國小畢業證書的人，但他明白我並沒有因此看扁他，或是瞧不起他。可是我對他的敬愛，是不會完全表現出來的，這是爲了避免他爬在我頭上踰越了尊重我的鴻溝。

「Wari cyong, kwan ko.（表弟你好。）」我說。

他率眞的暴露永遠在清晨以檳榔漱口而暗黑的牙齒，雖然才三十歲左右，彷彿是島上老人六十來歲的門齒。他坐在我的右邊，很自然的從我的菸盒抽出一根菸來抽，而後吐出一口輕煙望海說：

「Kana mownai jyani macyarayo!（你好像很久沒有出海釣鬼頭刀魚吧。）」

「Mownai rana, tangang!（當然很久了，爲何如此問我。）」

「Koto dakwan ta, ta ko icyakza macyarayo o, beken ka a vali.（這是因爲釣鬼頭刀魚是我從小的夢想，這不也是你的夢想嗎？）」

接著又說：

「Am najimay a yaken ni yama.（但我父親不允許我出海。）」

這是十多年以來，我在早上的時候最難得看到他心情愉快輕鬆，精神飽滿，神父般和藹的模樣，此刻煞是令我訝異與驚喜。平時他惡煞的醜臉好似他人欠他幾百萬的神情。譬如，當他看見一家人吃早餐，往往睜大雙眼瞳孔，瞪著人家吃飯吐口痰，若是對方相像以對，他也毫不客氣的作出猥褻的手勢，這些行為都是引起部落的人討厭他的因素。

他還有一種打從骨髓裡讓人不知如何恨他的是：我的部落的年輕人，因為這幾年台灣的景氣不好，所以紛紛的回到故鄉休息喘氣，同時觀望我們島嶼未來的發展，希望在自己的評估轉換跑道創業。因此無須申請營業執照的雜貨店、小吃部等等的就像波浪似的相繼在人來人往便利的馬路邊開張營業，尤其是賣滷味的小麵館往往是已習慣台灣生活模式的後現代年輕人聊天喝酒的地方。這些地方通常是安洛米恩就像海底魚類棲息的礁岩洞穴，每當部落的巷道走得不耐煩的時候，看到年輕族人在那兒聚集聊天喝酒，就枯坐在外圍等待對方心情愉快微醉之際，尤其是經常聚會的公務人員是他「獵食討酒」的對象。而我經常被這些朋友們邀請喝酒，久而久之習慣了表弟「獵食討酒」的策略。

所謂「獵食」意思是，整日無所事事的他，首先在小吃部外圍走來走去的，就像是電影裡的散星一樣，在馬路邊多了一些影子。經過一段時間，人們在微醉之際，通常會弱化防人的機制，或是變得比清醒時大方，也許他經常有這樣的經驗，所以套用他父親的話，「你酒

醉，我沒醉」便甩手的好像是同桌的酒伴走進來，二話不說的爲自己斟一杯米酒，說不曾改變的客套話：

「Kei kamo manga zipos.（諸位親戚們，我敬你們。）」說完就在零點一秒把酒灌進食道口，而後順手在酒桌上的菸盒抽點燃一根菸，吐一口輕煙，就以中文說：

「諸位親戚們，你們是資產階級，應該照顧如我這樣的無產階級。」說完就大搖大擺的甩手走出去，瞬間的，一群人愣在那兒張嘴大笑的無言以對，笑出眼淚的同時，我們只好爲「無產階級」乾杯。然而，他是不會立即消失在我們眼前，因爲他眼裡的「資產階級」微醉離去後，無產階級如他，就會蠶食乾淨盤中物，飲盡我們散後的杯中酒。

安洛米恩確鑿是一貧如洗的「無產階級」，我這群朋友是教師，是公務員，有時候也有一些工人，在酒桌上經常爲「無產階級」乾一杯，而後也成了朋友們的話題。我一直以爲，我表弟EQ是不壞，從小看著他長大確實是比他同輩的同學有人緣，有批判性，也比較會逆向思考。酒桌上開了無數次「無產階級」的笑話，我笑在嘴角，思考在心中。你是什麼階級呢？我是「生產階級」，因爲我有八個小孩，那……你是什麼階級呢？我是「不滿足階級」，因爲郵局存款不足。無論結果如何，在酒桌上的笑話如何的讓人笑破肚，當人們明天清醒之後，安洛米恩依然是人們製造笑話的泉水。這也或許是安洛米恩思考到人們在嘲笑他的時候，他總是習慣以斷了一節的食指，指著那些人說：「你們沒有比我優秀多少啦！」

「Wari cyong a, moka sarai si cyaraw ya, kowan ko.（表弟，你今天心情怎麼那麼好？）」我看著他說。

他不疾不徐的把過時的報紙攤開在我眼前，不用說，我是早已知道那是一瓶酒。我更是了解表弟是徹底的無產階級。在深夜，雜貨店、小吃部關門前，他通常隨身攜帶塑膠袋撿菸蒂當作早餐。

「Yamyan so koppo? kowan na.（有杯子嗎？）」嘴角含著菸說。

「Tomopatoga yopen nam. kwan ko.（你就仰頭灌進去嘛！）」

「Apya makwan sang mo kaka.（這樣不雅吧，表哥。）」

已是早上的七點多了，我遠眺眼前的大海，釣鬼頭刀魚的船隊，此刻正是期待大魚浮出海面獵食飛魚的最佳時機。安洛米恩在我左前方品嘗他的早餐飲料，也如我一樣若有所思的遠眺海平線上的船隊。許久，忽然迸出一句話說：

「當兵前我在遠洋漁船的時候，最討厭釣到鬼頭刀魚。」

「爲什麼？」

「船長說是，沒有經濟價值。」

「喔！」

「爲何我們達悟人如此的重視它呢！」又忽然說出字正腔圓北京話。

早上三級左右的西南風，吹得很是清涼，當太陽爬上我部落面海背山的左邊山頂時，悶熱之氣逐漸昇華。這樣的天候，往往在我們的島嶼會讓人意興懶散，就算最自在的山羊也會找個陰涼的礁石洞穴嚼牙納涼，隨處排便的迷你豬也是如此，找個廢水潭泡，人類何嘗不也如此呢！只是現代人發明了冷氣，讓自己更舒服，最後變得更體弱多病，疾病的類別比祖先多而複雜。就如表弟說的，醫學愈進步，人類的絕症就愈多。

安洛米恩脫下上衣，凸出的胸骨是他當兵前還有肌肉線條時，最美的部位，這是他從小就不太愛穿衣服的理由，也是他欺負同年玩伴的本錢。說實在的，我的民族到現在一直是比較重視身材的健美，不重視我們下一代在涵化過程中對現代知識的追求。當然像我的表弟現在如此已瘦巴巴的身材，早已不再討論他身材的健美，部落的人對他討論最多的，也是最感興趣的，是他的腦袋瓜。

「Asyo kana magozang rana ya.（你怎麼變得如此的瘦了呢！）」

他斜眼笑一笑看我，並順手抬起酒瓶喝酒，我接著說：

「Ala nimakdeng ka do gisya ya no kakwa.（以前是不是泡妞縱慾過度啊！）」他再次的斜眼露出笑容看我，又順手抬起酒瓶喝酒。他猜測我心情不錯，於是又順手從我的菸盒抽出一根菸抽，說：

「Kojya ngangan, mo kaka.（表哥，我很少吃飯，所以變瘦了。）」此時米酒瓶只剩半瓶了，這是他的酒量的極限，神志也很快就陷入如混濁的淺灘，開始胡言亂語。

在蘭嶼，我潛水的地方。

三

「他媽的，我那個王八蛋的老爸。」他自言自語的說。我知道，酒蟲此時在他頭型髮型不好的腦紋開始作祟，乾柴開始冒煙。我靜靜的觀察他，感覺時間的刻度不但對他毫無意義，他更是不在意別人的存在。只要手上有一瓶酒，白晝或黑夜似乎沒有差別，世界種種的脈動彷彿與他無干，話說具體一點，他的父親，我那個表舅某天晚上喝醉，把一塊大石頭誤認爲是一頭豬，說：

「Mo yazat do rarahan ko.（爲何阻擋我回家的路。）」於是用腳背使力的踢，想洩洩心中對部落的人不滿的悶氣，結果踢斷了小腿，當時安洛米恩憐憫關懷好像沒有，不友善的眼神，反而將父親一軍，站在病床說：

「Mona jïya tovili rana vato a kano koyis, vato am, yajïmigonagonai.（你難道分辨不出石頭與豬嗎?石頭不會自己移動。）」

「Ko katengan mo anito ta yajïmigonagonai. makwan jïmo a, jïmangasi so nyapwan.（小鬼，我知道石頭是不會自己移動，像你一樣不會同情老爸。）」

安洛米恩接著回憶小時候的故事，說著轉頭又瞧了我一眼，說：

在我念小學二年級的時候，我同母異父的大哥在台灣幫我買了一雙新球鞋球襪，那是我這一生的最愛，也是我到現在唯一全新的禮物，我就知道大哥的四個弟弟裡，對我最好，這是我忘不了他的原因。那天晚上睡覺時，我把一雙新球鞋球襪當枕頭，我的興奮就像天空的眼睛那樣多得數不清，我知道大哥在外頭和他多年未見的國中同學喝酒敘舊。爲了大哥，我下定決心要好好的用功讀書，希望自己將來是部落裡，或是我們的族人少數的知識分子之一，所以睡覺前，我仰望天空跟上帝說，要祂給我很大的智慧，作爲報答大哥對我的關愛，以及未來爲自己的族人貢獻棉薄之力的願望。把話給上帝聽了以後，上帝好像聽到了我的祈禱，很快就讓我睡著了。

那天晚上，因爲涼台有我二哥和兩個弟弟在睡，所以我就睡在我家巷道邊的走廊，書包，以及新的書本就放在我的球鞋枕頭邊。那天是非常美的夜晚，所有的天空的眼睛全都出來放射微光，雖然這樣的夜空景致我已習以爲常，但一雙新球鞋球襪，是我爲未來的夢想，第一次祈禱給上帝，同時也跟耶穌說了我的名字。

我們島上第一位去台灣念書的老師是我的導師，表哥你知道那個人，他跟我們敘述他去台灣念書的辛酸故事，我很佩服他，所以也下定決心作個有用的人。並且，我仰望星空的同時，我彷佛已經預見我在學校面對自己的同胞教書的神情，衣著整齊乾淨，留個小鬍鬚，精神奕奕。

說到這兒，表弟對我微笑。

接著說，睡著起來後，就是要實現夢想的第一步。但是，天就在剛剛破掉的時候，我

被我家的六七條豬喀喀喀的吵醒，我揉著眼睛側身面海抹掉眼屎，頓時發現兩三條豬正在啃咬拉扯我左半邊的新球鞋球襪，且已不成鞋樣了。我立刻起來抱著另一邊的球鞋球襪，進屋裡拿著鐮刀準備追殺那幾條死豬，我的眼淚像自來水那樣粗，恨死上帝沒有聽見我虔誠的禱辭，虔敬的心。死豬繞著部落的巷道跑，我就是拚了命的追，那群死豬七扭八歪的尾巴搖擺也拚了命的跑，一回小豬緊貼在老母豬邊，一回又像飛魚群似的炸開分散，最後我專注的追殺那條老母豬，牠是元凶，牠停停又跑跑的喘口氣，彷彿知道被鐮刀砍的痛苦，而我對牠的氣恨就是差一步就砍到牠那乾癟的屁股的時候，喀的一聲牠立刻轉換跑的方向，小小年紀如我如此的追殺老母豬，早起的許多老人看見我的糗樣，以及老母豬頻頻喘氣的醜陋的情景，一群老阿嬤無不抱著肚皮笑到倒在地上搥地，人仰豬翻。爲了大哥，爲了我的新禮物，爲了將來要成爲島上的知識分子，我依然拚命的追殺那些死豬，愈是這樣追趕，愈是搞得部落裡雞飛狗跳。從那個時候部落的人就稱呼我，「si kekezdas」（握著鐮刀追殺母豬的人），這個污名伴我成長到現在。眞他媽的，幹！最後我哭著向大哥訴苦。

還在宿醉的大哥跟我說，你就一邊穿球鞋球襪一邊赤腳上學吧，我很是聽大哥的話，於是我邊哭邊走路上學。你知道，我們的部落離學校有一段距離，路上我邊看我十分不對稱的雙腳，邊揉著流淚的雙眼，路上凡看見我的人沒有一位不撕裂大嘴角大笑，說我「神經病」。當我走到學校也好巧不巧的正是各班在整隊準備升旗典禮的時間，我一高一低，也一腳舒服另一穿鞋子的腳不舒服的跑，像是天生小兒痲痺症的走姿。老師們、學生們所有的目光像相機的焦距集中在我不對稱的腳丫子，我活像是天生小丑的角色，他們無不彎腰拱身抱肚再次的人仰豬翻。我不是天生愛搞笑的人，我也有尊嚴，女老師紛紛進宿舍上廁所，重新化妝，校長眼看大家人仰豬翻下令延遲十分鐘升旗典禮，這種情形很刺痛我的自尊心。那個時候，校長把我叫到他面前，也就是在司令台邊的自來水，他先洗臉洗淨笑破肚被擠出來的眼睛內的水，而後面帶笑臉的看著我已飽受了創傷的眼神，還有我非常無辜的表情，說：

「哪來半邊的新球鞋球襪？」校長笑著問我。

「我大哥從台灣買給我的。」

「你大哥應該是買一雙才對呀！」

「他是買了一雙給我。」

「另一邊是不是明天穿到學校來呢！」

「另一邊沒有了。」我說。

「是不是被你家的豬吃了！」

「校長，你怎麼知道被豬吃了呢！」我流淚看校長說。他再次走向自來水邊，再次的洗把臉，接著又說：

「那學校發的球鞋呢！」

「爛掉了。」我說。因爲我把它穿在腳上，在海邊走礁石去釣魚，在山上走小路撿木材。校長搖搖頭對我笑著說：「球鞋是拿來上學穿的，不是拿來去走礁石。」

最後我在隊伍裡吞著苦水流著眼淚感到非常非常的傷心。事後，同學們戲弄我，說我是帶動我們蘭嶼流行的「新新人類」，並且在那段時間許多的同學學我只穿一隻鞋上下學，我恨他們的深度恨到要拿鐮刀砍那些戲弄我的同學。那也是我這一生最後一次參加的升旗典禮。

說到這兒，他啜飲一口酒。我端詳著坐在我左前方的他，說起話來感覺不像是不正常的人，不是部落的人說的是「神經病」的樣子，畢竟他說起故事來，有條理不混亂，我也認爲他傳承了他父親很會說故事的天份。他已削瘦太多的上半身，呈現經常是飢餓的肚皮，以及恍惚的眼神，看來對現世間有許多的不滿。

他繼續的說，看來已是六分醉的樣子。他再次的斜眼看我，眼白映出紅色的血絲，說：

「Mo amizngen mo kaka?（表哥，你要不要聽？）」

「Nowon.（當然聽啊！）」

他雖然知道我跟他是親戚的關係，但並不是因爲這一層讓我不像部落的人也排斥他，而是很想了解他內心世界想的事情是什麼。

我認爲，他說，我是很聰明的人，在沒有發生「新球鞋」事件以前，一二年級我的成績都是班上的第三名。他苦笑，表示過去曾經留下過的驕傲成績。如果我父親不是我們島上公認的第一代「酒鬼」，不會每醉必鬧，辱罵我的先母，不會羞辱我，讓我以他爲恥的話，即便是「新球鞋」事件，我也會埋頭用功念書的。他媽的，幹！要不是我的父親長期酒醉，每醉下令我上山打柴不要上學的話，我想我現在已經是中華民國的空軍飛行員了。他短暫苦笑，表示未能如願。飛行員是我最大的夢想，因爲可以很靠近星星，而且飛機萬一爆炸，屍體瞬間炸得稀爛碎肉，我的靈魂就會立刻成爲飛翔在天空的老鷹，我會飛到我們的島嶼，我們部落的領空，睜大我的鷹眼，瞄準曾經欺負過我的人，當他在夜間睡覺時用鷹鉤嘴挖出他的眼球，讓他的世界變得黑暗。哈哈哈……

表哥，這是我的理想。而且老鷹以巨大有力的翅膀可以輕易的遨遊世界，自由自在的飛翔。我察覺他已開始胡言亂語了。

他繼續說他過去的故事。而我也只好繼續當他唯一的聽衆。

假如我有堅持的從小立下的志願，不爲「新球鞋」事件傷心難過，不服從「酒鬼老爸」爲他上山打柴的話，依我聰明的頭腦，不當飛行員，我也可以當上海軍陸戰隊的，這是我第二個志願。表哥，你比我大，所以你是知道我小時候的身材是我同年中最好的，要不是你經常勸導我要好好念書，不打人不當野蠻人，要當知識分子的話，那幾位同學現在是鄉公所裡的公務人員，小時候早就被我打得笨蛋了，哪有機會變聰明，況且他們的考試在我們一二年級的時候，都比我爛很多。

哼，他們現在很屌，有太太有小孩有汽車有房子有很多的錢喝酒，而且，表哥，我跟你講，他們眞的經常喝酒，有錢就喝酒，有錢就喝酒呢，他們呢，表哥。現在就是一杯酒、一根菸都很吝嗇，給我。也許他們開始在報復我，開始瞧不起我。哼，誰要他們的一杯酒、一根菸，我寧願撿菸屁股抽，喝「酒鬼老爸」酒醉睡覺後剩下的幾滴酒，哼，什麼了不起嘛，

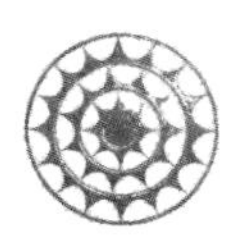

他們。尤其，當課長的那個傢伙，他媽的。

表哥，你知道嗎，就是那個傢伙當時說我是帶動蘭嶼的「新流行」、「新新神經病」，帶動同學們學我只穿一隻鞋上學，他媽的，哼，什麼了不起嘛！什麼叫做「新新神經病」？那不是我刻意區別自己與傳統的「神經病」人的點子，而是我很聽大哥的話，好好念書，將來成爲島上的知識分子。

安洛米恩此刻像毛毛蟲似的在我家涼台的椿柱不斷挪動他瘦弱裸露的上半身，他凹陷的雙眼在他微醉時，估量我上下全身時，是很讓人厭惡的眼神，讓人坐立不安，因爲他那種眼神，他是正常人，我好像是「神經病」的人似的。其實，如何辨識他是清醒，抑或不正常的狀態，我是完全分不清楚，而且這兩種狀態，看他的眼神似乎是沒有明顯的界線，這就像部落裡的族人形容他，正常與不正常之間，是半杯米酒加入半杯的伯朗咖啡一樣，意思是說，那杯依然稱之酒，但加入伯朗咖啡的時候，喝起來是比較順口的酒。於是形容安洛米恩正常與不正常之間的狀態，就像混濁的酒杯，是人類，但不是「純」正常的人類。而，安洛米恩來找我要根菸抽的時候，還眞的是如此，分不清是正常還是不正常。然而，人們如此議論他的時候，他又回答說，你們有被討論的條件嗎？話又說回來，部落的人說，就拿「酒瓶事件」的故事說吧，這是他那位已經是鄉公所社會科科長的同學說的，他說：

有一天有月亮的晚上，天空的眼睛全部出來，好像在比賽亮度的樣子，他家裡來了很多的客人，也許天候美麗，讓人敞開胸襟心情好，於是啤酒一瓶一瓶的喝下去，安洛米恩那天也如天空那樣的心情美麗，每兩三分鐘就在我家前的公路來回觀察我們，但他沒有上來討一杯酒喝，心情美麗眾人好像喝了兩箱的啤酒。筵席散了之後的清晨，酒桌下的瓶子被清掃得非常乾淨，我帶著宿醉的眼睛左看右瞧，赫然發現安洛米恩坐在教會邊的階梯躲著早上的太陽正在喝一瓶米酒，以及他配酒喝的鮪魚罐頭，還有一包菸。他跟我說：

「同學，我怕你的孩子踩了那些酒瓶會受傷，所以我主動的把那些瓶子幫你退回那個你們買酒的店。」他慵懶的、慣有的說話語氣帶點傲慢的說。我思索了一會兒，笑著接說：

「謝謝你如此的細心，想到同學的孩子們。」

「下次你們喝酒的時候，酒瓶沒有的時候，你就別驚訝有人偷你的酒瓶，那是你的同學，我幫你清掃的。」我想，他是正常人，科長回想的說。還有，安洛米恩接著又說，好像肚子有食物，說起話來顯得特別有精神，而他可掬的笑容與他對話的思維邏輯確實很正常，他繼續的說：

「同學，你在喝得差不多的時候，最好少一些吹牛。」

「你聽過我吹噓嘛！」

「當然，我不但觀察你很久，而且也知道你潛水時深度的實力。」

「你說我在跟我的小舅子們吹牛嘛！」

「不是嘛！你游泳潛水射過才那麼一條六七斤小的浪人鰺，你就可以吹一個晚上，你應該謙虛才對。」

「你有聽到我的故事嘛！」

「有啊，我就坐在你家的轉角處，我聽在耳朵，傻笑在心裡呢，同學。還有，爲何說你不謙虛呢，部落裡的男人去潛水射魚，高手經常射到二三十斤的浪人鰺，除了宴請朋友親人來家裡吃，分享魚肉外，很少吹噓他是如何如何的射到那條魚。你確實需要學習謙虛，同學。」安洛米恩說完帶著酒瓶離開教會的階梯，另外去找太陽曬不到的地方獨自一人品嘗酒精的刺激。

昏昏沉沉一直是他向人乞討菸酒的伎倆，也是長期以來部落的人說他是神經病的主要因素。人們已習慣他昏昏沉沉的度日，但他厭惡人家說他是「神經病」，當然我的部落像安洛米恩這樣的年輕人，或者在我們的島嶼被界定在正常與不正常，被形容爲米酒加入伯朗咖啡的人不少，但他精神狀態處於昏昏沉沉的時候，他又經常對著正在喝酒的人群，說：

「你們說我神經病嘛！呸，他媽的，我是品質優良的神經病，你們是品質爛的正常人。」這句話，在今天早上他微醉後有跟我說過。

「神經病」在我們的島上不少，表弟說他是品質優良的神經病，也許因爲他是屬於非暴力型的那類病患，昏昏沉沉的沒力氣罵人，我想。然而，他要說的重點不是優良與否的問題。就像今天他帶著「正常」的思路跟我說故事，唉！那些品質爛的正常人。

他繼續說，假如當時我繼續堅持上學，功課繼續的很好，身材繼續的健美，然後念國中，然後去當上海軍陸戰隊的話，我會跟他們一樣樣樣都有，當然酒量一定比他們好。哼，什麼了不起嘛！他媽的。安洛米恩，搖晃只剩一盎司的米酒瓶，熾熱的天候，西南的微風，令已經酒醉的表弟提前進入神遊，在我的涼台上不知覺的躺了下來。

他微凸的胸骨確實不是健身院提煉出來的，而是天生的，然而胸骨以下的腹部非常的扁平，假如用米尺丈量的話，也許前後的寬度不及十公分，顯然這是長期飢餓使然，乍看，比起衣索比亞的難民相差無幾。

長在頭皮上的頭髮，我知道表弟既怕冷又怕熱，前幾天頭髮還蓋住耳根，現在髮型，就像部落的人說的，「最前衛的髮型」。其實，我不曾注意過表弟的髮型是如何如何的。

有一天，我媽媽告訴我他的髮型的故事，那是我大四那年回蘭嶼的時候，有天在很美的傍晚，我們母子倆望海看夕陽談天，媽媽說：

你的表弟，在他被部落的人說，假如他是坐在一條船上的話，他的船是傾斜的，傾向神經病這一邊，他因爲是我堂弟的小孩，傳統上我是不可能也像一般人如此看待自己的小孩，說是神經病，這是禁忌，縱然事實是如此。孩子，你知道嗎，有一天的下午，好像是還差兩個釣魚竿就要碰觸到太陽的那個時段，你的表弟看見我在門口正在削掉熱騰騰的地瓜皮，他東張西望的拖著腳走過來，樣子好像是被惡靈驚嚇過的神情，臉色好難看，有氣無力的說：

「Kamnan, anjey pa so kanen ko.kwana.（阿姨，給我地瓜吃吧！）」他祈求我說。

他邊吃邊東張西望，彼時看在眼裡很讓我心疼，眞是討厭我那酒鬼老弟，你那個叔叔。

那時候他的頭髮已經長到肩膀了，而且很髒亂。接著我說：

「Ano si tedtedan mo o ovok mo am,jyata ipamezed ko imo so kanen mo an. Todamin si wari mo ya.（假如你把髒亂的頭髮剪掉的話，阿姨會經常留些地瓜芋頭給你，但是先把頭髮剪乾淨。）」於是，他立刻點頭微笑。

在我們家的這個涼台邊的椿柱，你父親常插上一把很鈍的刀。後來他拿去磨，用它立刻剪掉硬梆梆的頭髮，我命令他把剪掉過的頭髮用木炭燃燒，因爲頭髮裡有很多蝨子。他邊剪邊擠眉咬牙，很痛苦的樣子，每剪一刀就喊一聲，啊嘶，啊嘶，啊嘶到最後淚水也流光了。剪完說聲謝謝後，雙手不斷的交叉摸摸如老鼠吃過的地瓜的髮型回去了。那個時候，他的頭髮又被部落的人拿來當話題，說是，被老鼠濫啃的髮型。所以，我認爲你的表弟，好像有點神經病的嫌疑。後來，我把他叫回來，把那把鈍匕首送給他。因爲，我也知道不會有人幫他剪頭髮。

頭髮那麼重要嗎？他如此想，有時候我也經常如此思考。他現在就躺在我家的涼台上，髮型重要嗎？像我現在又留著長髮，經常被部落的好朋友說是「沒有女人照顧的男人」，尤其是我孩子們的母親，這句話業已成爲她的經典名語，彷彿留著長髮被說久了便成爲一種這個島嶼的道德問題。頭髮的長短眞的如此重要嗎？正常人與不正常有評判的標準嗎？我想。微禿如我，拿著鏡子照照，醜不醜顯然不是很重要，就像島上的許多人一樣，書念得不多，辯證的邏輯主觀認為合理就是合理，反正頭髮長如島上一般女人就是不正常的人。安洛米恩躺在當時他吃地瓜的地方，右手彎曲貼在胸骨，米酒瓶就躺在他的二頭肌的腋下。假如他真是神經病的話，為什麼他的睡姿，是如此的優雅，裸露的上身，心臟不斷敲擊著瘦弱的胸骨。即使是如此，為什麼他醒來和睡著的氣質落差是如此的大。我一直以為，現在正在睡覺的他，我想不曾有人注意過他的睡姿，氣質的優雅其實比一般正常的人好得多吧，我想。就如我部落裡的牧師，安洛米恩曾經說過，說：「表哥，你知道嗎，牧師夏天睡覺都穿衣服，他睡著的樣子，酣睡聲像老母豬，大大的肚皮，就像被擠壓的氣球，我一直以為那是很爛的身材，也是心腸不好的人，可是他卻是牧師。」我想表弟說這些話，可能是他對島上的牧師、傳道人有很大的偏見，後來他又跟我說，原來二六二這句話是從牧師嘴裡說出來的，意思就是神經病，這是因為島上的公車站牌的號碼在某個部落是二六二，而那個部落有輕微「神經病」的人，不知何因經常坐在站牌下輪替的整日望海，久而久之，那個牧師認為說他人是「神經病」，是件不道德的事，而二六二似是比較文雅。

而我的表弟，其實還是很會思考的人，我問過他，你究竟是正常人，還是不正常？他說：「我身體都很健全所以我很正常。」

「我是說你的腦袋正不正常。」

「我當然也是很正常，而且比你聰明，只是我經常肚子餓，沒有體力，對一些事情就不會認真的思考，不在意任何事情，這個世界與我無關。」

「所以你很正常嘛，表弟。」我說。

「別說我正常，正常人不見得比我正常。」這是什麼話嘛，跟我繞口令，玩哲學。說完，他又經常以混濁的眼球估量我的反應，於是與他辯證始終無法戰勝他，這是他說自己是聰明的人類，聰明的無產階級。

早上的太陽，開始直射他扁平的肚皮，他摸摸肚皮翻身，用右手當枕頭，又把米酒瓶抱在懷裡，可以理解，他昏昏沉沉時，仍然忘不了米酒的存在。他背著陽光，面對海洋側睡。這個時候，讓我想到我的同學，他去世的大哥，跟我說過的故事。

其實這個故事是十多年前的事，就是他退伍後的第二年，我開始傻笑在內心裡，他的大哥跟我說：

我們那個老弟安洛米恩，在飛魚季結束後的某一個星期天去教會，難得穿乾淨的衣服的他，也許他心裡有一些準備吧，他真的很想去教會洗滌他的罪惡，可是他真的有罪嗎？我想。何謂罪惡？然而，他眞的是要去教會，那一天。部落裡的教友們，在教會裡面正在高唱著翻成達悟語的詩歌，他東張西望走上樓梯，好歹不歹與牧師同時走上階梯，他看了牧師一眼，牧師也看他了好多眼，牧師停下來，盯著他說：「你要去哪裡，安洛米恩？」穿著牧師服的牧師正經八百的這樣子問他，安洛米恩也正經八百的看著他，跨過一個台階之後，安洛米恩說：「我要上教會聽聖經的道理啊！」

牧師聽在耳裡，想在腦海，打量了他一番，再跨過一個台階之後，因爲就要進教會裡邊了，牧師逐漸昇華看來對他厭煩的眼神，於是被困在說話音量的高低之間，抬高嗓音動氣的話，顯然輸家是他，會被安洛米恩說是沒有涵養，沒有牧師「神愛世人」的氣質，語氣若是溫柔婉轉的話，安洛米恩又不吃他這一套，只好對他假裝微笑的說：

「只有正常人才能夠進教會。」

「我很正常啊！」

「只有正常人才能夠進教會。」

「我很正常啊！」接著又說，「你每星期來教會做禮拜，表示你的罪惡比一般的人重，所以藉著禱告讓上帝原諒你，而我一年才進教會一次，表示我比你善良。」

究竟正常與不正常之間，有沒有正確的定義？也許醫學上有它正確的說法與實驗的結論吧。然而，對於像我這樣的民族，醫生的結論一直是不重要的，所以我不知道正常與不正常之間，神經病與不是神經病的界線是什麼。

很久以前，我的民族某家家裡人如果有不正常的孩子的話，或是後來變得不正常，那是因爲惡靈進入了他的腦海，偷走他的靈魂，我的民族說是那人的靈魂比較軟弱，所以會請島上的巫師、巫婆爲他（她）驅魔。這個時候島上已經逐漸文明化了，一九八〇年後家家戶戶也有了數不清的燈盞，惡靈就很少進入我們已現代化的家屋。因此巫師、巫婆在「驅魔」的傳統巫術就失去了其傳統的宗教意義。我的叔叔夏曼．沙洛卡斯說，安洛米恩從一出生他就不愛這個小孩，所以不曾請過巫師爲他驅魔。於是在我們的部落，正常的人都說他是神經

病，今天他來到了教會的大門前，衣服端莊的跟牧師溝通，這是他到目前為止最乾淨的衣服，說：

「我是正常人，為什麼不能進去教會？」

「你是神經病，不是正常人。」牧師說。

「我是優質的神經病，你是品質差的正常人。」安洛米恩傻笑但很果斷的說。

安洛米恩原來真心進教會而善意的眼神，帶著似是「悔過」的心來做禮拜，聽了牧師如此的羞辱他，善意的眼神很快轉換成看到惡靈似的憤恨，於是接著又說：

「教會的大門是上帝為罪人打開的，你知道嗎？當牧師是不正常的達悟男人。」牧師瞧見他似是惡靈的眼神，認為在這一刻與他狡辯怒斥他會傷了他的心肝，降低自己高尚的人格，因而心情複雜的逕自進入了禮拜堂。「還有，你因為罪惡很多，所以你天天在教會裡祈禱懺悔。」原來他那天想要說的福音，老早就有準備了，許多想好的，要跟教友傳播上帝的故事的話已經被安洛米恩在此刻攪亂了。然而他不得不停止思考，剛剛與安洛米恩讓他難過的對話，牧師問自己，當牧師也是罪過嗎？他為什麼說當牧師是不正常的達悟男人，他回憶自己四十年前的往事。

在他的父親還在世的時候，一直希望他成為海上的勇士，釣鬼頭刀魚的高手，也就是說，正常的達悟男人，應具備的生產技能與勞動的能力。所以當他跟父親說要去台灣念神的學校的時候，父子之間關係如陰陽海般的逐漸有明顯的罅裂。雖然他很痛苦，但最終還是選擇了神的學校，從他離開這個島嶼的那個時候起，他先前靈魂的肉體（先父）就已經建立了瞧不起他的一面牆。

在一九六〇年代初，沒有一位達悟的老人願意讓小孩遠離我們的島嶼、我們的部落而獨自一人去台灣工作或是念書的，想到當初的情景，在外求學的艱辛，尤其是看不懂漢字，理解漢語的困難，心海仍然可以感受當時的辛酸。在成爲島上第一位牧師後，雖然不足以光耀家族的門楣，但未見父親最後一面，是經常透過祈禱，祈求上帝原諒他，讓他做服務於上帝的職業，此等儀式求得「神愛世人」的大愛，失去親人的小愛讓他尙可釋懷、欣慰，同時忘記安洛米恩方才在心靈上給他的困擾。

他坐在教會裡最上層的講檯邊的椅子上，再次溫習今天將要與教友們分享的福音，雖然外在的表情像是平靜的海面，令人敬畏的牧師，可是骨子裡卻比平時混亂萬倍，爲了念神的學校當牧師，來不及看父親最後一面的傷心程度，不及安洛米恩今天說他「當牧師是不正常的達悟人」，讓他質疑自己的職業，讓他質疑自己是不是「正常人」，或是安洛米恩的經典名言「品質差的正常人」，來呼應他自己是「優質的神經病」。雖然自己是牧師，讀的書也絕對比安洛米恩多上百倍，卻不曾在傳播福音的時候，說過相關於「優質」的字眼與教友們共享，此刻的心海深處宛如颱風來臨前海底沙丘的混濁樣，很不是滋味。不過腦紋在思考的同時，想到安洛米恩說他自己是「優質的神經病」，也讓他在台上咧嘴的會心一笑。

他摘下老花眼鏡，掃描前來做禮拜的教友。未曾受過洗的「優質的神經病」安洛米恩

衣服乾淨的坐在第二排的位置上，傻笑的一直注視著他，就像潛水伕用魚槍直線瞄準獵物似的，令他心神不安，是某種他三十多年傳上帝的福音不曾有過的緊張樣，加上教友們紛紛的搗著就要爆笑的嘴，相互用手指指著這位「天降」的稀客：我們走錯了地方嗎？我們見鬼了嗎？這是上帝給我們的禮物嗎？還是他已經變「正常人」了，沒有啦，他是不好意思變成「正常人」啦！上帝的客廳，彼時充斥著怪異的笑聲。

說到這兒，安洛米恩的大哥停下來啜飲一口酒，約莫人走兩三步路的時間後，繼續說：後來牧師站在講台開始講聖經的道理時，牧師面帶笑容的走向講台，眼睛從他面海的海平線迅速的移到安洛米恩的身上，咳了幾下，看看其他老面孔的教友後，說：「Ko masarai si cyaraw ya, ta nimi yavozaw a kagling na ni yama ta-do-to am, yanani somdep do vahay ni yama ta-do-to. isarai tamo ji yama ta-do-to an. ipikarkaryag tamo si Ngalomirem.（我今天非常的高興，因爲上帝迷失的山羊來到了上帝的家，我們應感恩於上帝的恩澤，讓我們爲安洛米恩掌聲歡迎。）」

彼時，掌聲與笑聲的激烈，讓部落的人以爲長老教會最高級的牧師來蘭嶼視察。

安洛米恩心中感受到此時此刻的掌聲與笑聲，不是爲迷失的羔羊舉行的儀式，而是對他正常行爲的一種諷刺。這是牧師報復他的行爲，於是對牧師故作傻笑來回敬。

禮拜結束後，安洛米恩慵懶的走到牧師面前，說：「abwata nangangayan no cireng mo.（你說的福音很沒有意義。）」

「Ori i. kowan na.（眞的嗎？）」牧師說。

安洛米恩點點頭，又說：「你的氣質也不太好。」

從那個時候，他再也不去教會做禮拜了。繼續望海，如任潮水漂走漂來的椰子，無所事事的過日子，想著他未來的世界。

夏曼・藍波安／提供

漁夫的誕生

一

陽光循著季節的呼吸而轉換日射的溫度與時間，住在這個小島上的人們其實在很久很久以前，就已經以皮膚直接判斷自然節氣的變換了。因此，陽光的功能對於島民只是辨別氣溫的高低，天氣的晴朗與灰暗，以及白晝與黑夜，而月亮的盈虧才是支配島民的生活作息、宗教活動以及對大海的想像。所以，島民在早上餵完豬之後即可感受到這是個暖和的日子，人們也可以從八代灣的海面波紋晨光放射的銀光直接感觸似是春初的冬天氣候。

那個時候是「第七個月」（kapitowan）[1]的某天午後，部落裡許多一大清早在二級的風浪極早就出海船釣的拼板船，一人一船的在八代灣左右遠近的海面上，依據自己三、四十年來的經驗各自尋找下鉤的海底礁岩區，六十歲以上的島民則在四五十米的淺海處，以尼龍魚線用手下鉤，他們下鉤使用的鉛錘是因爲買不起雜貨店裡的鉛錘，而以魚線綑綁成一團的鑄鐵爲鉛，每每下鉤像是手足多了遲鈍，多了滿足的眼神，一條魚線兩鉤的悠悠自在的隨著海流漂，想像魚兒同情他已是老人分上，咬他已是古舊的魚鉤吃他的魚餌，老人們每划一槳就想像魚兒吃他的鉤子上的魚餌，想像運氣不要因爲他們的老而被現代海裡的所拋棄。這些拼板船是他們在山裡用斧頭砍二十一棵樹以上所組合的，不到四公尺的長度，也不到八十公分的寬度，前後扁尖利於切浪的在汪洋大海上看來像是漂流木的，彷彿這些老漁夫的一舉一動與這個世界無關似的，他們出海試圖跟海神要的只是幾條魚兒，把牠解剖後可以風曬在家的屋院，讓部落的人知道他還在抓魚生產，還可以勞動，僅僅如此而已，而在太陽下風曬後的魚乾也像是他們粗糙的皮膚，黯黑如榕樹表皮層的臉，都是太陽下的自然產品。而有資本的年輕人像是急躁的 kagozagozang（小蜥蜴）②，駕馭喝高級汽油的快艇左右遠近的在汪洋上快速奔馳，享樂於飆船的快感，當然也向這個島嶼的靈魂炫耀他是聰敏進步的達悟人，如此的飆船令那些划著木船的老人家們腦海裡有說不出的羡慕與說不盡的感傷。聰敏進步的達悟人以現代化的魚探器探勘海底的地形，魚兒的海底家屋，以電動輪軸的船釣竿下五到六門的魚

---

① kapitowan 月，大約是陽曆的十一月左右，稱爲 malaet a vehan vehan（不吉利的月）。達悟年度裡的第八個月的望夜，傳統上是達悟人在灘頭舉行祭拜海神、祖靈的儀式後，便進入了冬天的季節，稱 amyan（冬季），意義是，期待下年度的飛魚的季節。給海神、祖靈的供品有：切成兩片的山藥、里芋以及一片的五花肉，共兩份，給海神的一份放在海邊，祖靈的一份放在家屋之屋頂。

② kagozagozang，存在於蘭嶼原始林相裡的蜥蜴。對上山砍伐造船樹材的達悟人而言，因牠的顏色之故象徵鬼頭刀魚，象徵喜訊。但也形容年輕人的焦躁不安。

鉤，漁獲量自然多了許多。此刻他們都在海上徘徊，等著太陽的疲憊，準備回航。

此景此刻看在安洛米恩的眼裡，心中燃燒了同情與他父親的生產工具相同的族人，也許時代改變了，他想。然後，再看看自己赤裸的模樣，原來同學說他是「無產階級」，就是這副糗樣，是無須辯證的事實。他如此的想，也體悟到了這句話的眞諦，原來「無產階級」就什麼都不是的意思。

安洛米恩既不會建造傳統的船，也沒有能力買快艇、買船釣竿等等的，就是買一包菸的錢都成了他的問題，甭想有部落的人會邀請他上快艇船釣，感受在海上飆船的快感，「無產階級」又怎麼樣呢，他再次的想。他裸露上身，穿著同學救濟給他的短褲，背個自編的裝魚網袋，袋裡是一隻表舅送的單片圓形的潛水鏡及一雙不知哪兒撿來的簡便蛙鞋，右手握著也是他自製的魚槍，惟魚槍的鐵條是表舅幫他做的，抽著菸凝視午後的海浪慢條斯理的走向灘頭。他壯碩的身材驗證是經常勞動的成果，而午後的陽光擠出了他額頭上的汗珠，順著二十出頭的兩頰滑落，而頸子下的汗水則沿著兩塊隆起的胸肌間的凹溝迅速滑落到腰間的短褲，不到十幾步路的時間就弄濕了肚臍下的布料。他從容而堅定的走向海邊，停頓一回再次的目視察看他右手邊，太陽下海的方向的海浪。部落裡祖母輩的婦女在涼台上望海，休息閒聊，經常紛紛議論的說，但願安洛米恩是正常的男人，但願他是四十年以前沒有電燈沒有快艇的男人，把女兒嫁給他是福氣，有吃不完的魚，哎！這樣的男人的靈魂被偷走實在很叫人憐憫，雲層因而遮住了安洛米恩走向灘頭的陽光。

望著右肩上的午後陽光，坐在潮間帶清洗潛水鏡，把魚槍丟向海裡的同時，他宛如忘了上帝在這個島嶼也有房子的事實，在入水前口中喃喃自語的，只有海神理解的禱詞。假如有上帝，應該也有「海帝」掌管水世界裡的事物吧！這句話由於常常掛在嘴邊，牧師就稱他爲「神經病」，就是這樣被傳播出去的。

他獨自一人潛水射魚是近兩年的事，是他家裡發生一件最令他父母親傷心難過的事後，他的父親夏曼．沙洛卡斯就不再陪他潛水抓魚了。這是因爲他家豢養的老母豬經常偷吃別人家水田裡辛勤栽種的芋頭，幾位芋田主人幾番前來他家的巷道邊抗議③，抗議說宰了老母豬就算是賠償芋頭被豬吃的誠意。但他的父親認爲老母豬所犯的偷吃芋頭罪，還不至於到宰殺的程度，再說他也經常在鄰居們的面前教訓他們家的那頭老母豬，這樣的情形看在安洛米恩眼裡，也認爲不是老母豬的罪，而是部落的人討厭他父親向來目中無人的性格。然是數月來老畜生聽不懂人類的肢體語言，依舊我行我素，依舊目中無人偷吃別人家水田裡的芋頭。安洛米恩曾對父親說，芋頭要過一年以上的時間才可以收穫，我們的豬卻在一兩天內就吃完，殺了牠吧，但他的父親聽不進去這句話。最終被不知名的人砍傷了老母豬的脖子，血泊狂流

③在屋院裡抗議是來真的幹架，在巷道邊抗議表示「有話好說」，給豬的主人緩衝的時間。

凝結成如塘池般大的面積，橫死在靠近墓場的路邊，任十來隻的土狗啃食，飽頓一餐。說來滿可悲的，就是他家的那隻老公狗認得是主人的豬，飽嘗生肉佳餚是應該的，但當牠靠近主人的豬時，那些野土狗便集體的撕裂嘴臉，露出沾滿了血絲的利齒，準備欺負牠，彷彿那些土狗也知道牠也是共犯之一似的，後來他家的那隻老公狗咬了老主子一口，聽說是，抗議沒吃到豬肉。說，養了八年，縱然沒有很大的難過，但至少也有很多的數不清的傷心，畢竟是養了八年，耿耿於懷是當然的事，這是人對飼養的動物之基本情感吧，如果不是安洛米恩的母親阻止他父親，說，「爲了兒子被偷的靈魂耐住性子吧」的話，否則，按著他過去內臟不好的暴躁脾氣，心臟脈搏的涵養的不足，他是早已爬上屋頂manawatawag[4]詛咒全部落的人了。從這個事件後就不再陪兒子潛水了，專心圍籬圈養剩下的六頭豬，當然父親最是理解兒子在海裡潛泳射魚的能力，擔心他在海裡的安危不僅是多餘的，同時也是傷害兒子已獨當一面的自尊心，況且透過在海裡潛水射魚的生產，更是祈願海神歸還兒子已游離數年的靈魂。他心裡知道那條豬對兒子靈魂的重要性。而對於自己的逐漸老邁，逐漸怕冷的粗糙肌膚，如榕樹表皮的臉，認爲專心圍籬圈養剩下的六頭豬，正是給部落族人知道他不再下海潛水的最佳理由。

安洛米恩像是部落裡的老男人，在面對海浪時眼神浮現出輕鬆的樣子，在潮間帶任海浪撫摸全身的毛細孔，雖是冬天裡晴朗好天氣，但海面上下的溫度是有差別的，陸地溫度高，海裡則溫度低，相對的，有冷鋒過境的冬天，陸地溫度低，海裡則溫度高，這是他常常潛海經驗所得的結論。對於他，他喜愛那股冷海刺骨的瞬間感觸，少數的潛水夫才會體會的感覺，這種肌膚的感受如同他十八歲生平第一次離開蘭嶼到台北時，在士林的某間妓女院把童貞獻給陌生的閩南籍的妓女後，那股直通腦門的舒爽，眞如他左手臂上的刺青「浪人」消除不掉。因此，當他回蘭嶼的家後，經常與妓女做愛的性經驗就一直以冷海封塵他這方面的男性的慾望，當然那檔事上帝是不明瞭的。也因此小他七歲的小學同學達卡安認爲，如果安洛米恩沒有去台灣的話，像他如此沉默寡言的達悟男性，靈魂被魔鬼偷走的男人，在小島裡是不可能有女人會愛他的，當然也就不可能有機會觸摸女性的肌膚，甭談所謂的性愛經驗。關於這一點，對閩南女人的偏見在他的心底自然是沒有的，就是到現在他的夢想之一，還是娶一位閩南女人在天空的眼睛下做愛，住在天然的洞穴過著烏托邦的生活。

其次，他住的部落的海底景觀不僅是他潛水熟悉的地方，紓解他精神方面的孤獨空虛，久而久之依賴礁石海藻維生的低等的魚類⑤也認識了他，這個時候淺海處的魚兒知道他不會

---

④ manawatawag，達悟人發現自己的芋頭、造船建屋的樹材被偷而苦無證據時，爬上屋頂高音貝詛咒嫌疑犯，把部落的人集體詛咒，這是達悟人維護自身權益的表現方式，是在萬不得已的狀況下的作爲。

⑤ 達悟人不僅把魚類分爲男人吃的魚與女人吃的魚，也依據海底地形的單調與複雜、急流處與非急流處分類笨魚（低等）與聰明魚（高級），因此達悟人的魚類觀所謂低等與高級的分類不在於魚肉肉質的口覺，而是定義在魚類的聰明、俊美以及神話故事裡的典故。

傷害牠們而優游自在的穿梭在安洛米恩潛水的礁岩洞穴。他也像魚類似的在複雜的礁岩地形忽進忽出的尋找獵物，尋找給媽媽吃的，屬於高級的 **ilek**、**mahaju**（白毛魚）⑥。此時，他一邊想著父親在海裡傳授給他的潛水技巧，一邊想著如何設計白毛魚的好奇心，當然對於妓女的感受，在十多年回家之後的日子，那檔事早已被冷海取代了減少了對性愛的幻想，或著說已被左手的五根手指經常透過大腦激起回憶往事，使喚左手上下搓一搓陰莖了。這檔事隔壁家的達卡安最爲清楚。

也許正值年輕力壯，體能正在昇華的階段，讓他從十來米的海底浮上來換氣只需兩三次呼吸的時間後又再次的潛入海裡，並且潛得越來越深，承受海底的壓力漸次容易，只要他下定決心，海浪同意，每天潛水成了他例行的生活作息。兩年前與父親潛水的日子，並沒有多餘的心情讓他觀賞海底的景觀，因爲老一輩的人比較恐懼海底深邃暗灰的景觀，那種景色不僅是惡靈的象徵，而且冬季時魟魚、鯊魚、鰻魚時常游近淺海處覓食，這些醜陋的相貌在他們老一輩人腦海的底層深受傳說故事的影響，認爲那些就是惡靈的化身。如此的觀念，他的父親固然常常告誡他在潛海時多留意那些髒東西，尤其是鯊魚，但他判斷，那些醜陋相貌的東西，十多年來已被台灣來的漁船抓得差不多了，數量不僅早已銳減，他也認爲看見那些惡靈是他的福氣，是海神的藝術傑作，認爲比電視裡，張菲的娛樂節目更有看頭。他緩緩地，從容地上下倒立的潛入海裡數回，好使鼻孔、耳膜、心臟脈動如他在陸地走路時的正常狀態，也就是說，心平氣和就是他在海裡節省體力的不二法門。他希望那些喝汽油的快艇早早進港，他在水世界裡聽馬達聲很令耳膜不舒服，常常讓他無法專心潛海，於是現在潛入海裡是先讓身體的七孔適應海底的壓力，也順便觀賞海底景色，成爲他每次潛水射魚前的例行功課。但願天空的眼睛的世界像海底一樣的綺麗，死後的靈魂就不會寂寞，他在海底如是的幻想。除了台灣的女人外，這是他最大的夢，希望死後靈魂居住在海底的極樂世界，就像他現在在海底的時空情境讓他非常自在如魚兒一樣。忽左忽右的海流，是水世界裡無聲的風，相貌相似的魚兒好似樹上的鳥兒沒有同類相殘殺，而大魚小魚只是形體的差異，吃與被吃的輪迴是嘴巴的大小決定的，沒有階級的支配屬性，沒有天才與笨蛋，想到自己十八歲才拿到小學的結業證書，他在海裡莞爾一笑，但願我是si Paloy（西．巴魯伊）⑦，他如此想，是希望減少耳膜在水底被引擎聲干擾的壓力。

在很晴朗的冬天，他知道觀光客白毛魚不多，而原住民白毛魚雖然很少離開牠們在近海潮間帶的礁岩洞穴，但牠們十分精明，要射到一條需要經驗、智慧與肺活量，時間久了之後

---

⑥ **ilek**是海裡原住民身分的白毛魚，會跟你鬥智，在魚槍的射程之內，牠會迅速地折返，考驗潛水夫的耐心耐力與經驗。而**mahahaju**是冬天裡膚色較白的，數量較多的浮游白毛魚，年輕人說是「觀光客魚」，對人比較好奇，只要趴在礁石上憋氣不動，**mahahaju**將迅速游近你身邊。

⑦ **si Paloy**，「西．巴魯伊」，傳說故事裡人鬼的綜合體，在陸地上是正常人，在海裡是有鰓的魚人，可以在海裡換氣呼吸，愛吃美麗的魚。達悟人對魚類的分類、審美觀是藉由巴魯伊的故事形塑的。

反而大多是順著他自己的情緒，也順著潮汐的脾氣，對於白毛的有與無似乎已經不是他潛海的主要目的，而是消磨時間，所以不會太苛求自己在每次潛海時有白毛魚給媽媽。

他順著潮流潛入水裡，在二十公尺的海底靜靜的趴著等待獵物的好奇心，躲到礁岩下的陰暗處，是誘拐原住民白毛魚的絕招，右手抓緊礁石，使自己不被流水移動身子，海底的壓力移動位置。經驗已告訴他，猶豫是浪費體力，快、狠、準是果斷的潛水漁夫的特質，這是他的父親常跟他說的名言，於是在很短的時間內，憋氣使其胸膛膨脹，白毛從礁洞裡出現，他不加思索的按下手掌下魚槍開關，鐵條無聲筆直的射中白毛中部的骨頭，除了鮮綠色的血液從傷口溢出外，魚兒頓時失去了先前的精敏，安洛米恩從海底緩緩的往海面飄浮，左手握住魚槍，魚兒被鐵條貫穿，他一邊觀看外海深暗的水世界一邊拍著蛙鞋浮上來，除了身體內的骨骼沒有被海水的壓力壓縮外，身上的肉在律動的同時像是天空的雲在分秒內變形變樣，尤其是他的腸胃被擠壓成大陸人吃的燒餅狀，他吐了一口氣，而後摘下面鏡，在半秒內在海裡淹沒頭顱冷卻發燙的臉，清洗鏡內的霧氣，吸一口新鮮的空氣後，便把魚兒裝進網子裡。他留在原處的海面繼續觀察海底魚類的狀況，這兒是他的海底 **pangangapan**（冰箱）⑧。他的網袋裡很快就有了三尾三斤左右大的白毛，自然的他就十分瞧不起射半斤八兩白毛魚的潛水夫，認為這樣的小白毛仍在吃奶。這個時候他開始想射一些低等的魚類，作為利誘父親買酒閒聊的食物。趴在海底，觀賞水世界的動態，海流是海裡的風，他創造的新名詞，他精神狀態的自在，在此時完全的放鬆，他的自信完全操控在自己。也許他的個人主義來自於他從小就排斥他人，認爲別人都不了解他，他是知道，自己也未曾關心過他人，也不知如何關心他人。在潛海的這幾年，他逐漸體會到被部落的人排斥的痛苦，在海底他經常如此反省，偶爾仰頭望海面，想到自己被瞧不起，心中油然萌生自己希望有個潛水的夥伴，可以相互的談心。然而，他的父親教育他不要跟他人分享自己的漁獲，想來父親是個自私自利的人，現在想要眞心對他人友善，邀個潛水的夥伴，相互照應，又會受到父親的責備，這是很讓他最難過的事，苦於無人可以傾吐自己心中的話語，尤其是他曲折多戾的故事。

固然海底礁岩綺麗的水世界是他忘記在陸地時的孤獨，忘記父親的孤傲，但他畢竟是人類不可能像魚兒在水世界裡那樣的悠然自得一生，他一邊順著潮水潛游一邊思索自己的過去，這個時候游過了岬角處，夕陽不僅逐時的接近海面，同時船釣的船隻也已返航，但機動船依然在海面上橫衝直撞，嘈雜的馬達聲在海底聽起來很是讓他憤怒，假如只有浪濤聲的話，水世界是多麼的寧靜，他這樣想，也讓他恨透了有機動船的族人，當然也恨自己跟金錢沒有緣分，沒錢買香菸。

他再次的潛入流動的水世界，裸露的肌膚毛細孔明顯的起了顆粒，在沒有防寒衣的保

---

⑧ **pangangapan**，是潛水夫熟悉的海底地形，成爲自己潛海時的海底冰箱，且往往是不會空手而返的個人漁場。

護下，在一個小時後，他感受到海水溫度的低了。他趴在二十公尺下的礁岩坡頂，往下遠眺更深暗的水世界，這個世界似乎比宇宙更為遼闊，更為人類所不認識的世界，也就更困難理解徒手潛水的男人之內心世界，他安慰自己的靈魂。午後的陽光在三、四十公尺左右的深度尚可目視出被海流扭曲的日光折射，為此更可以清晰的目視其潛海區域的海底生態，因陽光的日射如手掌、大拇指般小的魚兒活鮮起來在礁盤胡亂穿梭的作日光浴，認為魚兒也是需要陽光。他避開生長在礁岩上會放射毒素的，如秧苗的綠色水植物，觀望寄生在此斜坡面的魚類，數不清的大小魚兒在他水鏡前徘徊，搖晃扁平的頭啄著礁岩上水植物，牠們的無憂無慮讓他羨慕萬分，假如人類像牠們那樣各取所需，各自過著自己的生活，沒有瞧不起他人的雙眼是何等美麗的世界啊！目睹此景此物不免為自己過去的遭遇感到傷心，悲涼鑽出心坎。

一尾如他手臂長的鸚哥魚在他的左邊上下起舞，偶爾還把鮮綠色的魚鱗在礁石上搓一搓，翻轉三百六十度數回，並朝他這兒來，這是女性吃的魚，顯然這條魚沒有警覺到海底有獵人，高尚的潛水漁夫。他也如鸚哥魚般的心情，很自在的欣賞這位海裡的舞者，舞者每翻起礁盤上白色的沙礫時，細細的粉末便隨著流水飄逸擴散，然後很有節奏的塵埃，於是許多如小拇指般的藍、白、黃橫條小魚兒在粉末霧團內起舞進食，假如沒有這尾鸚哥魚的話，安洛米恩常常吐出口中的氣讓這些小魚兒搓破，這種遊戲他常玩，但現在的獵物就在槍頭，機不可失，無聲又無情的鐵條射穿鸚哥魚魚頭，魚兒掙扎的時間是零，這是一條很大尾的鸚哥魚，腦海中於是浮現出媽媽吃魚時喜悅的神情。射中了，他緩慢地前後拍著蛙鞋像爬樹似的浮衝水面，在浮衝的同時把魚兒從鐵條取下，並在海面換氣後裝進網袋裡。浮凸在海面上的頭顱像烏龜的背忽沒忽現在浪紋的波動，看看就要下海的太陽，認爲今日的漁獲很好，就如他潛海前的禱詞對海神說的那樣順口，現在只差一些利誘父親買酒的低等魚類，掘挖一些干貝等等的，他心情愉悅的如此盤算。

他順著漲潮時的海流游，停在他蛙鞋下複雜的礁盤地形伺機尋找獵物，好似盤旋在空中的老鷹，此時浮游生物逐漸增多，海流也逐時的增強，他於是調整呼氣吸氣的頻率，數秒後吸氣，倒立的潛入海裡，潛入時原先指定的獵物，天狗鯛躲進海溝裡的洞穴，反正低等的黑色魚類很多，況且天狗鯛不算是精明的魚種，他想。於是繼續的潛下去，朝向外海的海底斜坡地形，在他潛到礁岩時，左邊的沙地尙可清晰的目視清楚，但右邊漸次傾斜的海底已見不到底了，夕陽日射水世界的光線不僅縮短了，也擴張了海裡暗幽的世界，他在水中平視這遼闊的水世界，有礁石的海底顏色在太陽未下海前是青藍的，沒礁石的則是呈現暗紫色，他知道他下潛的這個地方是危險的海底，就是他父親說的，大魚或是鯊魚經常出沒的地方。然而，除了排斥比他會賺錢的人以外，他是不曾偷竊什麼的什麼的，也沒有偷窺的習慣，不在上帝認爲的罪人的定義，也不是惡靈認爲的壞人，所以恐懼只是因爲孤獨沒有潛水夥伴而已，利誘父親買酒的低等魚類是他現在在海底尋找獵物爲目的，鯊魚什麼的醜陋的長相不是神經病的魚類，不會胡亂吃人。買酒的低等魚類想在心坎，把恐懼消除在腦紋，於是潛入海底裡的海溝尋找獵物，不一會兒的時間連續射到四尾的黃鰭天狗鯛，想著今天的運氣與手氣

都特別的順利，在海底出沒的魚類也特別的豐富，認為自己可能選對了潛水的好日子、好時段，回去跟父親喝酒時問問今天是什麼樣的夜曆⑨，安洛米恩這樣想。把這些魚用繩索繫在浮標後，午後的陽光已經落海了，認為今天的手氣、體能都不錯，雖然在海裡已經潛游了兩個小時餘，也感到有些疲累與寒冷。再射些喝酒吃的魚，再潛一次，他想。

天色由亮白逐時的變為灰白，而水世界裡也昏暗了些些，安洛米恩想在心裡說，再射些喝酒吃的魚就回家。潛入海裡，口中多餘的氣，從鼻孔裡鑽出形成無數個大小不等的扁平氣泡，由海底飄浮到海面，他再潛入海底裡的海溝尋找與父親閒聊喝酒吃的魚，此時也許魚類比人類更為知曉天色漸暗的時分，使得海溝裡低等的黑色魚類早早的就已鑽入千孔洞穴裡休息，但他不死心的認為一定還有些尚未吃飽的魚在海溝裡遊蕩，然而這是多餘的想像，三四秒後確定沒有獵物也就不強求自己的慢慢浮上水面，在浮上的同時腹部明顯的比原先入水的時候更為扁平，腳掌拍蛙鞋的力道也減弱了許多。在海底憋氣兩分多鐘使得面鏡內的臉部漲紅，他因而取掉面鏡，在海內閉眼沖洗熱漲的臉，而後看看外海通紅的海平線，再戴上面鏡，說，回家吧！在心裡面。

「游回陸地前，應回頭望一望原先潛海的地方，因都會有好吃的食物⑩」，他想到這句父親經常叮嚀他的話，也許這句話已成為他在海裡的信仰，便在原處的海面沉潛一公尺左右，以兩百七十度的視野目視海底的狀況。他不知道是什麼因素牽引著他的靈魂繼續的往下潛，他只是單純的想著，潛最後一次就回家。

安洛米恩回到家的時候已經快要天黑了，他的父親說了幾句話，他便坐了下來抽菸，看父親殺魚，媽媽也蹲坐在旁邊看兒子的漁獲。母親生吃如他大拇指指甲般的白毛魚眼睛，安洛米恩看在眼裡十分的欣慰。隔壁家經常逃學的達卡安故意的走過來走過去，心想，安洛米恩不是神經病嗎？怎麼可能抓這些高級的魚呢？

「Yama yakasa so rakwa cilat si Ngalomirem, akman jyaken so karakorako.（爸爸，安洛米恩射了一尾很大的浪人鰺呢？跟我一樣大。）」

「Kongkwan no maskad a ta-u, kano omazam do wawa yam, maka songit so isis no among ya.⑪（當然，這就是潛水夫的經驗，其次，經常潛水射魚的人，終究會常常咬到一片魚鱗的。）」

夜裡達卡安躺在涼台上，傾聽安洛米恩向他父親敘述射到一尾大浪人鰺的故事，認為安洛米恩是厲害的潛水夫，一條大魚是許多故事的源頭，他這樣的想。達卡安沉醉在安洛米恩

---

⑨夜曆，達悟人稱 hahehep，一個月三十個夜，每夜都有名稱，辨別潮汐的大中小，以及吉夜與凶夜，達悟人又依據此分辨海水情緒的好與不好。

⑩好吃的食物，apiya a kankanen，意思說，天色將灰暗前，往往會有大魚游向淺海處，試煉潛水夫的耐力、耐心與貪心。

⑪Maka songit so isis no among ya. 常常咬到一片魚鱗的，「一片魚鱗」是達悟人的習慣用語，象徵一條大魚。

的父親，在夜裡哼著貶抑兒子不是潛水好手的歌聲裡，像濤聲時而停歇，時而拍岸，像長浪慢慢被導引進入如夜空浩瀚的世界，冥想自己長大後也要成為潛水夫的夢。

二

達卡安在涼台下的陰涼處整修魚槍，用一般的鐵鎚敲直鐵條，一面抽著菸，一面哼著閩南語的歌，是安洛米恩路過卡拉ＯＫ店時熟悉的旋律，想著這傢伙每次從台灣回來心情總是如初春天氣那樣的晴朗，真是陽光男孩。又想著這傢伙的腦袋裡，難道沒有他憂心的事嗎？當他開始注意到達卡安的一舉一動的時候，達卡安已是高中畢業的年紀了，時間真是過得太快了，他這樣的回想。他坐在他家的屋簷下遠遠的看著達卡安整修魚槍的神情，也想著達卡安多年以前在他每次潛水射魚回來時，不忘對他豎起大拇指的情境，依然猶存在他自己的心海裡，那股對他真心的讚嘆，讓他會心一笑，也燃起了他尋找潛水夥伴的心。然是，達卡安佯裝沒看見他，於是繼續的哼著剛學會的閩南語歌，他一面高舉鐵條看看是否筆直了沒，一面按住鐵條在石頭上鎚鎚彎曲的部位。他繼續觀察著達卡安整修魚槍的神情，這傢伙行嗎？繼續的哼著剛學會的閩南語歌，繼續佯裝沒看見他，唇角叼著一根菸。第三班的飛機起飛的時間恰是十一點，達卡安起身，說：

「Kamyan dang ri.（原來你在這兒呀！）」

「Ngalomirem weito so tabaco.（安洛米恩，這兒有菸。）」達卡安熱情的說。安洛米恩緩慢的走向達卡安家的涼台，抽出一根菸說：

「Kangai mo pa do Ilawud syo.（你不是剛去台灣的嗎？）」

「Yapiya kakawan nam, kona to ngayi.（天氣好，我就偷跑回來。）」

安洛米恩想想這個理由完全與他當時的情況一樣，同時也都是從台灣逃工回來學習潛水抓魚的人，不同的是這傢伙始終面帶微笑，彷彿在他臉龐未曾寫下過在台灣工作時的挫折，自己卻是積壓了很多對台灣人的抱怨。

「Asyo rana o among moi to, no kakyab rim.（你射的魚好多啊！那是昨天的漁獲嗎？）」

「Nani toro ni yama ta do-to.（那是我們的上帝給的啦！）」

達卡安放下手邊的鐵條看看安洛米恩，似乎在質疑安洛米恩回答的話比較不接近正常人說的話，靈魂被偷的人說話時的邏輯跟正常人很不對盤，顯然是真的，他想。

「Ikongo vazai mo do Taiwan?（你的工作在台灣是什麼？）」

「Jyabo a, manlino sawunam.（沒有啦，當油漆工啦！）」

「Yaro nizpi o vazai mo an.（很多錢嗎，那個工作。）」

「Jyabo a, jya dowa zivu do kasaraw a.（沒有啦，只有兩千塊錢啦一天。）」

「Karowaro na.（那麼多ㄡ。）」

「Jyabo a, jya dowa zivu do kasaraw a.（沒有啦，一天只有兩千塊錢啦！）」

他倆皆裸著身子，就如天空沒有一片雲一樣的自然，享受自海洋吹來的風，達卡安望著海浪的波動，意圖集中安洛米恩的心思，孕育某種和諧的自然氣氛，撼動他潛海的慾望。如果安洛米恩不是缺菸抽的時候，與他對話是困難的，況且他也不善於與人溝通。海洋，是安洛米恩腦海裡一幅完美的藝術作品，而他自己也是如此的想像，因爲海浪的存在，才有與他命運同呼吸的感觸，否則過去的日子也就無須逃避學校的教育，達卡安試圖從這個角度攻擊安洛米恩的心房，說：

「Yapiya o kawawa na ya.（海浪的情緒今天好嗎？）」

「Yato maci pananavak sawon am.（中間的情緒啦！）」

「Asyo rana o among moi to, no kakyab rim.（你射的魚好多啊！那是昨天的漁獲嗎？）」

「Mi tan?（我們去好嗎？）」達卡安又遞一根菸給安洛米恩說。

「Am, mangap ka so saki si moli tan?（可以，但我們回來後你要買酒，好？）」安洛米恩順著好情緒說。達卡安頻頻點點頭示好。他想，從國中畢業到現在已經三年有餘了，除了在台灣的少數時間外，他一直把安洛米恩視爲心目中的潛水射魚教練，也一直希望他能帶他去潛水射魚，所以當安洛米恩答應他時感覺很高興。

「Kamateneg?（你會嗎？）」

「Kopa jyahandem.（我潛得還不深。）」

這個情形安洛米恩也是清楚的，尤其是耳膜適應海底的壓力並非容易，畢竟每個人的體質不同，潛海之深度也因人而異。

過了中午，達卡安發動機車，安洛米恩坐在後座扛著他們的兩支魚槍，往部落的左邊騎。當達卡安加足油門時，安洛米恩笑在臉上說：

「Tagangan, yato macika sagpyan o otobai jyaten ya.（達卡安，就連你的摩托車也跟我們一樣不正常耶。）」

「Tangang?（爲什麼？）」

「Tangang kwan mo ta, yama nilo sawnam.（你說爲什麼？眞是吵死人了。）」

「Kiyan na pam.（哎呀，車能夠走就好啦。）」

安洛米恩笑在臉上一直看著海邊，認爲機車排氣管損壞，特高的噪音引人側目，想著他倆是島上的人都認識的人，屬於他人在酒桌上被消遣的那類型，製造笑話的源頭，認爲一台破舊的機車就會被他人多了嘲笑的話題。又說：

「Tagangan, mo ji maci masnekan ya.（達卡安，你不爲這個車感到羞恥嗎？）」

「Kiyan na pam.（哎呀，車能夠走就好啦。）」達卡安一邊加足油門，一邊抬高嗓門哼著閩南語歌，但機車速度並沒有因此而加快，反而讓車子的噪音更加刺耳。

「An, simi jya tazotazogaw o ta-u.（哎，別人會拉長脖子看我們啦！）」

達卡安一邊加足油門，一邊抬高嗓門哼著他的歌，陶醉在他剛學會的閩南語歌。安洛米恩笑在臉上一直看著海邊，好像怕別人認識他坐在一台彷彿也是神經病的機車似的，眞是騎虎難下，他想。也因這台機車認爲達卡安是一個非常不在意他人對他負面評論的人，是個眞情的自然人。想著自己這些年來在海裡孤獨的潛水，也早已不在意別人讚美他射魚的功夫一樣，倒是有個潛水的夥伴在海裡相互照應是眞的，在水世界裡有很多的意外，所以他內心裡想著希望能夠盡自己的能力教導達卡安應有的海洋知識，以後就容易成爲相互談心的對象，這是他最需要的。至於，現在也好像是神經病的機車，至少比他走路走得快，況且自己連如此破舊的機車都買不起，也就將就將就的，車能夠走就好啦！

他們坐在礁石上抽菸，安洛米恩看看腳下的潮水，又看看外海，說：「達卡安，人來到了海的面前，不可以立刻的下海，腦海裡必須思考一些事情，譬如說，心裡的準備，就像你在陸地上走路時那樣的自然，不要去幻想射到大魚，還有近海的沿岸流與外海的流水是不一樣的，在我們的kaliman月⑫海流像是圓圈在循環，而碎浪的流向是辨別流水由西向東，或是由東向西的證據，逆流潛水不僅很累，也射不到魚，這是很重要的知識。」達卡安像是幼稚園的小孩頻頻點頭，而說話平穩而柔和的語氣，聽在耳裡十分的清涼。又說：「在這個月分是尾鯛、觀光客白毛魚游進淺海處覓食的月分，這種海裡的觀光客的浮游魚類並不笨，但牠們對海裡的人的警覺性比原住民魚弱，雖然如此，你的反應必須要快，否則就是浪費體力浪費時間，知道嗎？當然，這個時候你就跟在我後頭就可以了，其次，我在海底的時候，你應觀察附近是否有章魚，有五爪貝等等的，那些就是我們喝酒的菜，知道嗎，你。」達卡安像是傻蛋似的小孩頻頻點頭，認爲安洛米恩是眞心的教他。之後，安洛米恩神情沉著的面對大海自言自語，達卡安於是好奇的說：

「Ikong mo cireng ang?（你在說什麼？）」

「Cireng ko do wawa.（入海之前的話。）」安洛米恩說。

「Ka cizokyo?（你是基督教徒嗎？）」兩人四眼對視的笑了起來。

「那是我入海之前的話，不是從教會學來的禱告詞。」安洛米恩揚起嘴角的說。

「No kango ka cizokyo mo ya. Kwana ni Tagahan.（你何時成爲基督教徒？）」達卡安再次質疑的問。

「Ikawoya mo o boksi syo.（你不是很討厭牧師的嗎？）」

「Cireng ko do wawa.（入海之前的話。）」安洛米恩再次強調的說。來自海洋的風，晾乾了他們走路時的汗水，安洛米恩撲通的跳入海裡，說：

「Toka macilolo jyaken an.（你就跟隨我的後面游。）」

達卡安在海面看著安洛米恩在水中閉氣潛游，在水中察看魚類，約一分鐘後浮出水面，在腰帶取出七字型的鐵鉤，對達卡安說：

---

⑫ kaliman 月，約是國曆的十月底十一月初。

「Astahen mo ipacikokuita ko an.（注意我如何抓章魚。）」說完就立刻的潛入水裡，然而達卡安不知道章魚在哪兒，他潛下去看安洛米恩如何鉤出章魚，但他是潛不到海底的。安洛米恩從洞裡鉤出章魚後，章魚立刻噴出黑色的墨，水裡於是在某範圍內呈現黑色。安洛米恩從眼珠刺死章魚後放進網袋裡拿給達卡安。他們順著潮水的游，達卡安在後頭不斷潛入水中練習，同時在水中察看是否有五爪貝，沿著礁岸差不多游了五十公尺的距離後，安洛米恩叫住達卡安，說：

「Si miyan so among am, I pamingit mo o onen ko an.（假如有魚的話，你要拉住我槍後的魚線。）」

安洛米恩不疾不徐的往下潛，達卡安此景看在眼裡想著，原來要潛那樣的深才可以射到好的魚，想著自己不知要花多少時間才可以潛到那樣的深度。安洛米恩從海底的洞裡游出來，達卡安拉著魚線，魚兒被鐵條貫穿身體，在水中一直要往下潛，沒多久安洛米恩再次的潛下去，抓住鐵條的浮出水面，按住魚的頭以螺絲起子刺破魚眼、魚腦，魚就這樣失去了生命。達卡安這一幕看在眼裡，安洛米恩乾淨俐落的動作，眞是老練的潛水夫，這樣的人靈魂怎麼會被偷走呢？他尾隨在安洛米恩的後面，如此的想。他們有時往淺海處游，有時往深海處潛，大半都是安洛米恩在潛水，達卡安的心情則是在練習的狀態中，一個小時之後，網子裡已有了七、八條不同類科的魚，大多是五、六斤重的，三隻章魚以及一些巴掌大的五爪貝。他們繼續游了很長的時間，在一塊複雜的珊瑚礁岩地形停住，安洛米恩取掉面鏡對達卡安說：

如今，我又回到獨自一人潛水的日子，在海裡尋——寧靜。
劉嵩／攝，夏曼・藍波安／提供

「Pangangapan ko ya. Am jimo milimwangan do kadowan a ta-u.（這兒是我的冰箱，你注意我潛水的地方，但不准你去跟別人說這個地方。）」

海就像心臟一樣，一直在浮動，他倆也不斷的拍蛙鞋，而且也都沒有穿在水裡的防寒衣，當然三、四千元防寒衣對他們而言，都比破舊的機車來得貴。達卡安想著「冰箱」是什麼意思的同時，安洛米恩已緩緩的由海面潛入水中，當扁平的小氣泡不再從安洛米恩的嘴口冒出的時候，安洛米恩已在海底探索複雜礁洞裡否有獵物。他怎麼可能潛如此的深呢？從海面望下海底看，又旋轉三百六十度的察看海中的水世界，由淺藍漸漸的灰藍，在安洛米恩潛入的海底則是他難以想像的海底世界，看來安洛米恩在海底像是嬰兒的體型，問自己，他在海底不會恐懼嗎？此時，他才理解安洛米恩的父親爲什麼不願把兒子的漁獲分享給別人，原來潛水射魚是非常累人的抓魚技藝，也非常的危險。看著在海底裡的安洛米恩，在陸地上經常被部落的人消遣是因爲沒人了解他，而安洛米恩本人也不曾在他人面前炫耀自己的潛水本事，彷佛他內心的世界就像水世界一樣的令人難以潛入，外冷內溫。達卡安想到這個事情，腦海燃起了敬重安洛米恩的火苗。

他倆是鄰居，達卡安在幼稚園時期便經常看見安洛米恩拿著魚槍去海邊射魚，而不是去學校上課，同學們下午放學，他也從海邊回家，幾乎都是這樣的情形，難怪安洛米恩小學畢業的時候，已經長了鬍子，這就是他的學校是在海邊，而不是學校裡的教室。關於學校的事，達卡安認爲自己也並沒有比安洛米恩好到哪裡，自己雖然上了國中，但自己卻是五十幾位同學裡唯一從校長領到結業證書而非畢業證書的人，想到此，達卡安莞爾微笑，原來鄰居倆的共同嗜好是逃學，都是在海邊度過童年，是學校裡前後屆的「逃學王」。

達卡安潛入水裡抓住安洛米恩繫在槍柄後的魚線，安洛米恩很從容的由海底慢慢的浮上來。安洛米恩在海面露出頭殼，摘下面鏡呼吸新鮮的空氣，當達卡安抓住了槍柄後，安洛米恩接著抓住鐵條，抱住魚兒，迅速的用螺絲起子從魚眼刺死，他倆在海中拍著蛙鞋，安洛米恩則從魚的鰓用魚線穿過繫在他們的浮標。大魚腫脹的魚肚看來跟達卡安的頭顱同等的大，達卡安問道：

「Ikong o kamwamong no niya.（這叫什麼魚？）」

「Vazenten, oyud.（紅點石斑魚，是女性吃的魚種。）」

達卡安跟隨安洛米恩在後頭游，游向淺海。紅點石斑魚，很大，在水裡他仔細的瞧一瞧，這是他生平第一次在海裡瞧見這樣大的魚，他想，按達悟人的習俗，他們會平均分這條魚，想到此，心裡像是被仙女撫摸過的欣慰快感。他繼續的跟在安洛米恩的蛙鞋後邊，左看右望著海底的地形，是希望早一點適應，當安洛米恩不潛海的時候，許多的小鸚哥魚啄著礁石上的海藻，可是他們潛入海裡時，那些小鸚哥魚拚命的排放糞便逃離，有些頑皮的魚兒就在他們魚槍的射程之外停住，顯然魚兒對潛水夫已經熟悉了，但這些半斤八兩的小魚兒，安洛米恩是不會去獵殺牠們的。眞不知道人類在牠們小魚兒的眼中是否是龐然的大怪物？達卡安幻想在腦裡。

「Yama veveh do jiya, astaen mo yaken nan.（這兒很淺，你注意看我。）」安洛米恩蛙鞋拍了五、六下就潛到了海底，然後他鑽進礁石洞裡，只剩蛙鞋露出洞外。數秒後安洛米恩身體倒退出來，在海面對達卡安說：

「Puwbuten mo o tokzos ko an, jyata yamaveveh.（把我的魚槍拉出來，很淺沒有關係。）」

達卡安急速的潛入海裡，鑽進洞裡抓出魚槍。礁洞洞穴恰好可以容納一個人身，裡頭的洞口跟籃球一樣大，洞口邊緣有許多不同類科的，五顏六色如巴掌大小的魚兒穿梭嬉戲，眼睛穿過洞口察看，原來是白色的沙礫海底，魚兒在籃球一樣大的洞口來回的游，鏡頭很明顯，魚停在洞口時被他射的，魚槍鐵條卻是穿過洞口夾在兩個礁石間的縫裡。達卡安閉氣還不到一分鐘，所以沒辦法把魚槍從洞裡拉出來，沒經驗又緊張。在海面，他脫掉面鏡，用海水清洗熱漲的臉部，用力擠出鼻子裡的鼻涕，漲紅的眼睛看著安洛米恩說：

「Yasumlet o tokzos mo.（你的魚槍被夾住。）」

安洛米恩原來就知道魚槍是被夾住，他緩緩的，很從容的再次潛入水中，從洞裡拉出魚槍、鐵條，然後浮衝海面對達卡安說：

「Vahai da no Ilek ya, jimo mananawowan do kadowan an.（這兒是原住民黑毛魚的家，不要跟別人說。）」

安洛米恩把黑毛魚裝進網袋，又說：

「Tana, ta yana maveveh o araw.（我們回家吧，因爲太陽很低了。）」達卡安細瞄黑毛魚，眼睛是樂歪歪的。

達卡安想想要能射到這種黑毛魚是非常困難的，但安洛米恩卻很輕鬆的射到牠，好像這條魚原來就在那兒等著他的感覺。他一邊游著一邊看著浮標上的漁獲，回家的心更讓他興奮了起來，想著，這是他十多歲的年紀，有了像是成熟男人的漁獲量，這些魚可能讓父母親快樂，也是可以讓部落的人減少嘲笑他的證據。成熟男人的漁獲量，他刻在腦海裡，此刻，對安洛米恩的敬重加深了，也實現了跟他潛水的願望，原來安洛米恩在海裡與陸地的表現完全是兩人樣。於是對於安洛米恩靈魂被偷的事情感到很好奇，希望喝酒聊天的時候問問他。在他們上岸回家前，安洛米恩射了好幾條喝酒聊天時吃的低等的黑色魚類。游回了岸上，安洛米恩跟達卡安解釋說：

「上了岸眼睛注視沿岸流的流向的變換，漲潮時海流流向面海的右邊，這樣的海流稱amteng，假如是來自左邊的話，海水正在退潮，它的名字是isak，知道嗎？」

達卡安點點頭遞一根菸給安洛米恩，並豎起大拇指讚美的說：

「Kama henlihai, sinsi ko imu an.（你很厲害，你是我老師，好？）」

安洛米恩苦笑的移開眼神看海邊，說：

「Singadan pa o wawa no muli rana, a mapawawuk.（要看看海面，回家的時候，並且祝福自己的靈魂。）」

達卡安發動斷了排氣管的機車，安洛米恩坐在後座對達卡安又說：

「Yapiya o among ta no ta miheza, kano yajya raraten o pahad ko jimo.（我們一同潛水的漁獲不錯，我的靈魂對你的靈魂不吝嗇。）」

「謝謝師父。」達卡安叼著菸微笑的說。

Pi……Pa，Pi……Pa……排氣管排氣的吵雜聲，驚嚇了山裡的鳥兒，鳥兒吱吱的飛來飛去的鳴叫，此讓安洛米恩高興，好似小鳥先帶個消息回家的感覺。這個時候Pi……Pa……的吵雜聲，在路途中已不太困擾安洛米恩的耳膜了，他背後的網袋不僅裝滿了高級的魚類，而大尾紅點石斑魚用魚槍木柄穿過鰓門扛在肩上，在回家的途中買了許多人的眼睛，這倒是讓達卡安的表情在路途中驕傲了起來，想著安洛米恩的靈魂對他的靈魂不吝嗇的話，於是才深深的理解在部落裡選擇潛水夥伴的重要性，認爲部落裡的男人們喜愛鬥嘴，很少讚美他人是自己的民族性，而安洛米恩忌諱被讚美。這些高級的魚，部落的人不用說也知道是安洛米恩射的魚，而他只是一位見習者，當然他的父親也是潛水的好手，但他的祖父強烈反對他潛水射魚，此時才知道這個道理，潛水的危險。

回到了部落，Pi……Pa……排氣管排氣的吵雜聲引來了部落裡許多人的眼睛，拉長了許多人的脖子，看見安洛米恩背後一條很大的紅點石斑魚，達卡安騎著破車顯得輕鬆，稚嫩的臉龐散發出也是潛水夫驕傲的模樣。

「Ayo among tamo manga nako.（謝謝，我們的魚，孩子們。）」達卡安的父親向安洛米恩謝道。

「Isarai mo marang ta, ta mangdei so araraw ya.（你喜悅我們的大魚，叔叔，並非天天都是如此好的運氣啊！）」安洛米恩回道。達卡安在一旁加了一句話，說：

「Yama, yajya raraten pahad na jyaken.（爸爸，他的靈魂不吝嗇對我。）」

安洛米恩的父親夏曼．沙洛卡斯則在一旁揚起嘴角的平均分配其他的魚類，他理解孩子們今天徒手潛水如此的漁獲量，除了不容易以外，認爲兒子眞的明瞭潮汐、浮游生物與魚類的關係，這一點認爲兒子比他行。達卡安的父親把紅點石斑魚刮除魚鱗後，對夏曼．沙洛卡斯說：

「Ala pandan da rana ya no vazenten.（這是紅點石斑魚體型的極限吧！）」

「Katenngan mangawari, iwawa am.（不太清楚，表弟，也或許吧！）」

達卡安與安洛米恩坐在涼台上邊吃泡麵邊看著達卡安的父親解剖紅點石斑魚，從魚身中間的脊椎骨分解成兩塊魚肉，一人一邊魚肉，骨頭也均分，但達卡安的父親把魚頭給安洛米恩的媽媽，說這是你孩子射的魚。安洛米恩的媽媽知道這是禮俗，也就不便拒絕，此景看在安洛米恩眼裡，媽媽的喜悅很是令他欣慰，這是他應得的，是在達卡安的陪伴潛水下的成績。自從他開始潛水射魚之後，他母親經常感冒的次數減少了許多，熱騰騰的魚湯蒸發了母親的感冒，這是他認眞潛水的主要原因，至於他父親的壞脾氣，依然是讓他討厭的。

秋天宜人涼爽的季節，就是入夜後路邊的路燈也格外顯得溫柔明亮，此時達卡安早已在涼台上等著安洛米恩了，達卡安的父親紅燒了低等的黑色魚類，以及半生不熟的小章魚端到涼台上來。在安洛米恩沒來之前，夏曼・達卡安[13]對兒子說：

「jika makasanib machza ji Ngalumirem an.（你不可以經常和他潛水射魚，好？）」

達卡安似乎感受到父親也對安洛米恩有所偏見，也認爲他是神經病的人，至於過去的他如何如何，當然他的父親比他更能了解這個過程的。假如眞的是如此，他認爲安洛米恩不是暴力型的精神患者，而且他是因爲被部落的人強烈排斥，讓安洛米恩對那些瞧不起他的人有強烈的反感罷了。達卡安想著他的師父的病應該不至於那麼的嚴重，眞正的神經病患者，是不能控制自己的情緒的，但他，也許他的人際關係處理得一直不好吧。

「Aiyaingan na no cireng ko manga nako am, yami kanyas o among nyo.（爸爸的意思是，你跟他潛水的實力懸殊。）」

「我們游到Jilangoina[14]的時候，左右雙向來的沿岸流在這兒相撞，然後流向外海，海流相撞的時候海面的白色浪沫很讓我害怕，就如肥皂粉的泡沫見不到海底，我看見在海裡有許多數不清的小小的龍捲漩渦，那些漩渦會把人往下吸住，這是我在那兒潛水的第一次經驗，安洛米恩跟我說，如果你的靈魂會怕在這兒的時候，最好抓住岸壁的礁石，逆流時就小拍蛙鞋停住，等到順流的浪來的時候就很快的游過去。而那條紅點石斑魚就在海流相撞的底下被安洛米恩射的，很深很深，我潛下去往深海裡的外海探望的時候，非常非常的暗黑呢，爸爸。可是，安洛米恩好像很習慣那裡的生態環境，好像不會害怕的樣子，在我們逆流游泳的時候，他游得非常輕鬆，我於是說他很厲害，他卻對我說，習慣了就沒什麼啦的話。」達卡安簡單的向父親敘述這個過程。

夏曼・達卡安想了一想，說：

「Astahen o ipangahahap da no adan na ta-u.（你應注意老練的潛水夫的技術。）」

「知道啦！」父親說了一些關於海裡應注意的事情給達卡安聽，達卡安聽在耳裡，像是波波的浪濤灌進其心坎，想著，潛水射魚的確是一項不容易的生產技能。

達卡安給安洛米恩一根菸，說：

「Tei esa ta so tagow an! si cya mahep an.（我們一人一瓶酒，好！今晚，好！）」

「Katai na jimo, ta kapa kanak an.（你還小啦，你喝半瓶就可以了。）」安洛米恩難得張開笑容的說。然後看看夏曼・達卡安又說：

「Mango!（是不是！）」也許，夏曼・達卡安覺得安洛米恩難得像今天有這種雅興與自己的兒子開懷暢談，或者說是第一次與人面對面的談話吧，老人坐在中間像是牙縫裡卡了一節魚骨頭似的讓人不舒服，於是藉故說是要去夜潛看龍蝦網。達卡安與安洛米恩都祝福他豐

⑬ 達卡安的父親，稱夏曼・達卡安，他的母親是希婻・達卡安，也就是說，達卡安是他父母親的長子。達悟人爲人父者改以兒女的名字前冠上夏曼，而爲人母者改以兒女的名字前冠上希婻。

⑭ Jilangoina，海裡某處的地名。

收。他們喝了幾杯酒後，達卡安開始以師父稱呼安洛米恩，都是前後屆的逃學王，也同樣都是在海邊度過童年，也都因為這層關係而無法適應在台灣做工時的日子，況且也同樣是遭受部落族人嘲笑的對象，安洛米恩想來想去，發覺他倆有許多事情的遭遇很相似，只是達卡安很陽光，也比較笨，他想，他自己卻是很多挫折很憂鬱的人。

「你說你的靈魂不吝嗇我，什麼意思？」達卡安笑得很天真的問。

安洛米恩的內心世界，的確不會排斥達卡安，在海裡的狀況，也直覺感受到他是很好的潛水夥伴，多少年以來，這是他第一次帶人潛水，第一次別人分享他的漁獲，也或許是第一次被人尊重吧，至少他聽得懂「師父」從達卡安口中說出來是眞心話，他感受到他現在的臉龐像是十多年前躺在媽媽的胸前被溫水清洗淚水時的溫情。他仔細瞧瞧達卡安，眼神善良的看著他說：「乾杯。」

「靈魂，我們達悟人的靈魂，在我們出生十天左右後，父親會戴著銀帽，頸掛著金箔片，手腕配著銀環，手持一半的椰子殼到泉水水源舀幾滴水回家，途中與人交談是禁忌，媽媽也穿著婦女的傳統服飾抱著嬰孩在家屋朝向陽光升起的方向，然後夫妻倆為嬰孩取乳名與眞名，說很多很多希望孩子健壯的禱詞，最重要的是，祝福孩子靈魂的命運要堅強，這是我們達悟人命名的傳統習俗，就是我們從小開始有名字，有記憶之前，父母親已在我們頭上最脆弱的囟門，滴上一滴泉水，像祖靈虔誠的祝福我們看不到的靈魂與脆弱的肉體生命。不是我們人彼此間互相看不起，而是我們彼此間的靈魂堅強的互不相讓。如果你的靈魂修養不好的話，在海裡的意思是，不在乎潛水夥伴的安危，是自私的人。因爲在陸地上，我沒有感覺你瞧不起我，也或許我們都是被瞧不起的人吧，所以我就很自然的帶你去潛水，當然也讓你瞧瞧什麼叫做『潛水夫』。」

「徒弟敬師父一杯，我知道了。」

「以後教你如何抓章魚，然後賣出去，我們就不缺酒錢。」

「沒問題啦！師父。」

「Ka jyawunib do wawa no ka saka ta-u ri.（你不怕嗎，一個人在深海裡的時候。）」達卡安接著又問。

「怕，當然會怕啊！但要選擇靈魂平靜的時候去潛水啊！你知道嗎！前幾年……」安洛米恩啜飲了一口酒，接著敘述說，「前幾年我們部落裡最自私的那一家的長子。當然在海裡族人溺死的事情，對我們潛水的人，討論這種是禁忌，不過我預感你會是好的潛水夫，所以說給你聽聽。

「那個時候是一個很寒冷的冬天，由於他習慣了一個人潛水，二十幾年來都是單獨一人，而且也未曾把他曬了之後的魚乾分給族人，在我們每年的美麗的月份⑮，部落的人，親

⑮美麗的月份，達悟人稱 piya vehan，大約是國曆的六、七月，是親友間交換食物的季節。

戚間相互交換食物，食物有地瓜、芋頭，以及各種類的魚乾、鬼頭刀魚等等的時候，那一家人不僅拒絕接受親戚餽贈的禮物，而且也拒絕分享自己勞動成果給別人，所以他那一家人成了部落裡的拒絕往來戶；他們的罪惡不僅如此，他們還會把你家水芋田的水堵住，讓你的芋田水乾枯地龜裂，這是他們最可惡的行爲。那一天天氣很冷，那個人本來就是獨來獨往的，他下海的時候，天很暗灰正下著細細的毛毛雨，那種氣候的氛圍給人的感覺是陰森森的，好像天空不快樂的那種日子，不過海浪非常的平靜，就在天要黑之前，那個自私的人還沒有回家，最後部落裡的男人都冒著寒冷的天，下海潛水找他的人，那時候，我和父親也參與了，到了晚上，什麼也沒有找到。第二天一大清早，部落的人又下去找，反正能潛下去的海溝我們都不放過的搜尋，差不多第二班的飛機下降的時候，我找到了那個人的一隻蛙鞋，但沒有屍體。他的家人燒完他的遺物的第三天，他的父親殺了一頭肥壯的大公豬作爲回饋部落的人的禮物，當然他們給我的是後大腿，那一份在傳統上來說是我該得的。那一天的晚上，我喝酒醉，好像快要天亮的時候，他的靈魂告訴我的靈魂，說：『安洛米恩謝謝你找到我的蛙鞋。』他靈魂又說，『我是被很大很大的鯨魚嚇到昏迷的，結果身體被海流帶到很遠的海洋，但早已看不見我們的島嶼，因此我是在海裡冷死的。』此後他說會保護我，並謝謝我。但，我的靈魂只有相信他一半，不過他還牽引我的靈魂在海裡觀光了半天，當我起來的時候，天依然是黑的。你說害不害怕，當然怕，重要的是，在海裡不要心存射到大魚，但要渴望大魚遇見你，就是這樣啦！」

安洛米恩結束他的話後，達卡安已經喝完了他的酒，當然安洛米恩也同樣的喝完了他的那一瓶。安洛米恩的母親走出柴房，語氣柔和的說：

「Jika toma kakteng do saki manga nako, ta naknakmen mo vazai mo wom.（不要喝得過量，孩子，想想自己的遭遇。）」

夜色星光像是數不清的飛魚鱗片，也如海中的浮游銀光，時明時暗的，天空一片雲層也沒有，氣溫暖和，使得他的心情像是媽媽說話時的祥和，像這樣的心情與氣氛，以及達卡安眞情的作伴，他是會克制自己的靈魂游走的。

「Ko katen ngan, Ina.（我知道，媽媽。）」

當達卡安上廁所回來的時候，不僅又買了兩瓶塑膠罐的米酒，同時也給了他三包長壽菸，此讓他倍感溫馨，加上媽媽把剩餘的石斑魚魚湯溫熱端給他們的時候，安洛米恩喜極淚下，感覺這是達卡安給他的福氣，這是他第一次和別人如此接近，面對面的喝酒，也是第一次別人主動爲他買菸的經驗。他倆再次的對飲一杯，達卡安便對他說：

「Ko kanig imo, ta mamimina among mo.（對你眞的不好意思，今天的魚都是你射的……）」

安洛米恩對著他微笑，說：

「Mamimina among ko si cyaraw yam, jimo piwalama do oned mo, ta nomakwa am, beken kappa valii.（今天的魚都是我射的魚，請你不要把它休息在你內心裡，因爲將來你也會是高尚的潛水夫……）」達卡安聽了很能夠打動他的心，「高尚的潛水夫」把它休息在內心裡。

「Noka 前幾年 syo am, ni kongo mo ni 射魚 syo rakwa cilat 的時候。（在過去的幾年以前，你是如何射到那尾大浪人鯵的呢？）」

他倆又對乾了一杯酒，覺得今天的酒特別順口。今天以前，他的父親除外，沒有一個部落的人曾經想要聽他在海裡潛水射魚的故事，縱然他不是部落裡唯一的潛水夫，縱然他也不是唯一射過大魚的人。但他認爲想聽他故事的人，是尊重他靈魂的人，雖然達卡安有點傻裡傻氣，但是個沒有心機，心地善良的人，他卻想聽他的故事。啜飲一口魚湯是掀開自己過去的記憶，Ori ranam（故事是這樣的）……

「等一下，我們先喝一杯。」達卡安打岔的說。

安洛米恩笑著開始他的故事：「故事是這樣的，今天的星星很多，所以我的話比較多。」

「故事跟星星有啥干係？」

「哎呀，意思說我心情好啦！」

「原來……」

「那個時候，當我決定潛最後一次就回家，我想在海裡。水世界進入了入夜前的灰暗，一切的寧靜像是提醒潛水夫回家的信息，我深愛遊艇回港後還給海洋原來平靜的水世界，我知道那個時候，在海裡潛水的人只剩我一人。達卡安，你現在可能還無法體會一人在海裡孤獨潛水的美妙感覺，太陽下山後，水裡的平靜遠比天空的宇宙更能讓人聽得見海洋的呼吸，我也聽得見我心臟的跳動。就在我潛入海溝時，那條我靈魂的朋友浪人鰺，恰好也從海底的某個洞裡出來，我們突然相遇，我就煞『車』，牠也煞『車』，彼時我魚槍的扳機亂發射出去，結果鐵條亂射到牠的眼珠，瞬間牠瞎了眼就亂撞亂撞，牠緊張我更緊張，我就立刻的浮出海面換氣，結果牠緊張的就亂撞，撞了礁石好幾次，結果牠就昏倒了，好像那個美國的阿里一拳擊倒李斯頓的樣子躺在海溝裡，那時我的心跳跳到喉嚨來了，可是機會不會重複，我就用力的潛水，潛到牠身邊時，發覺牠非常的壯而且又大，我緊張沒氣的又浮上水面，我用力的呼吸，好讓心跳緩慢，大魚每撞礁石一次就像是撞到我心臟似的感觸，無論如何不可以讓牠跑走，我這樣想。平常潛到二十公尺的海底大約是二十秒左右，那一次可能我只拍十次的蛙鞋就潛到了海底，我立刻用手指用力抓住牠的鰓，然後抱住牠的頭浮出海面，然後我就用力的游到岸邊礁石，浪不時的拍打我，大魚也不斷的掙扎，爲此我的身體和大腿被礁石刮傷刺破好多處，上了岸之後，我躺在牠身邊喘氣，牠也側躺在我身邊掙扎，我就高喊的說：『感謝主耶穌，感謝……』大魚躺在礁石上，仍然不斷的上下擺動尾翼，直到回到部落，我父親切除了牠的心臟後，大魚才結束了牠的生命，而我從那時開始體驗了自己在水世界裡的渺茫。徒弟，這叫做mapamong[16]，就是這麼簡單的故事。」

天空的眼睛隨著夜的深而增多，他們再啜飲一口酒，話題也漸多了，也許達卡安極度渴望聽聽安洛米恩的故事，希望藉他的故事、他親自的指導，減少自己在海裡揣摩的時間，他理解自己在同學眼裡的自卑是，因爲自己的經常逃學，以及「零分先生」的污名，如果要把這個污名形象從同學裡的腦海剷除，他認爲只有比他們會抓魚才有這個可能性。但有一點是他顧忌的，就是部落的人稱他的師父是「神經病」，他倆拼湊在一起就是在部落裡繼續燃燒「低等人類」的笑話，想到這個問題，他瞧了安洛米恩一眼，說：

「你在意別人對你的評論嗎？」

「別人的眼睛是邪惡的，別在意，老弟。」

安洛米恩的父親坐在涼台上哼著古調的歌聲，也在獨自的飲酒，此刻很讓安洛米恩陶醉，對達卡安說：

「Imo pa yako nipaciezan a mitokzos, yapiya ngilin ta.（你是我第一個潛水夥伴，我們的靈魂很有默契。）」

達卡安自己很明白，當他經常沿著礁石逃學時，他就時常看見安洛米恩獨自在海裡潛水，讓他十分渴望有這麼一天與安洛米恩潛水的降臨，而他也聽過父親說過關於潛水夫靈魂相和與相互排斥的事情，這倒不是他在意的事，而是逃學期間他被安洛米恩的孤獨吸引，而且自己也是學校裡的邊緣人，與其說是向他學習潛水，不如說是同情與敬重安洛米恩孤獨時的憂鬱。

「Nimangai ka rana do Ilawud?（你去過台灣嗎？）」達卡安問。安洛米恩看看他，說：

「Ikongo mo kakdaing a amizngen.（你想聽什麼故事？）」達卡安看著他笑。「好啦，我說。」安洛米恩心情喜氣的說：

「我這一生的第一次是奉獻給台北士林的妓女……」達卡安仰頭笑出聲來，「……結果我只插入兩次河流就衝入海裡了，結果那個年輕的小姐笑我說：『舒服ㄡ』，結果我又來了一次，結果我也只插入十多次，小姐又笑我說：『舒服ㄡ』……結果我就每天去練習……」哈……哈……哈……眞情的笑容淹沒了安洛米恩的父親在夜裡美妙的歌聲，「結果我第一次去台灣回來蘭嶼時身上只剩五百塊給爸爸買雞肉吃。」

「師父，換我的故事，好？

「我這一生的第一次也是奉獻給中壢的妓女，黑黑壯壯的，但我不知道她是哪一族的小姐，她問我是哪一族的時候，我就說是阿美族的，我不敢說是蘭嶼的達悟族，『哈……哈……哈……』她說，我的那個不算長，但是她說我的很壯，叫我不要緊張。於是，我給她一粒檳榔吃，然後她就幫我先搓一搓那個龜頭，『舒服ㄡ』，她說。……結果不到幾秒我的就噴射出來，射到她的枕頭，她的頭髮，她的臉很多，她氣死了我，一面吐檳榔汁一面罵我，後來溫柔的說：『這是你的第一次嗎？』『嗯！』我舒服的說。結果她很高興的又叫我跟她眞正的做愛，『舒服ㄡ』，她說。『嗯！』我舒服的說。結果我做工一半的錢就跟她練習，回來

---

⑯ mapamong，意思是說，射到大魚並非是潛水夫的厲害，而是那條魚的靈魂在你面前結束生命。達悟人都以這句話掩飾驕傲，凸顯虔誠。

後被我爸爸說我是『世上最不會賺錢的零分先生』。」哈……哈……哈……，「好像一樣我們的事情，在過去的時候。」

他們的笑聲像星星一樣的溫情，擦掉各自眼角溢出的喜極之淚，對飲了一杯。

「你知道嗎？師父，」達卡安笑著繼續他的故事，說，「可是，我做工的老闆很欣賞我的勤勞，我做到快第三個月的時候，我的老闆問我要不要娶他的女兒，他的女兒要給我呢，師父，但是，我知道他的女兒有點sumagpiyan[17]，只要他的女兒很快的懷孕，生了小孩，他說就給我八十萬，他是眞心的，非常疼我。可是sumagpiyan的女孩，加上我也被人家說是『零分先生』，假如這一生不回蘭嶼的話，我是可以接受啦，但是我是多麼愛我們的海邊啊，但最讓我沒膽接受的是，假如我眞的娶她，部落的人一定會說我們，『上帝在製造人間的笑話』，想到此我是不願意的。每當老闆跟我喝酒的時候，都叫他的女兒坐在我身邊，但他的女兒並非完全是sumagpiyan啦，只是我會想到部落的人會說『上帝在製造人間的笑話』的時候，我覺得我的父母親會沒有面子，後來我問我的父母親關於這件事時，他們高興的說：『kiyan napam（聊勝於無啦）』，我心裡很氣憤，他們只想到自己可以升格爲祖父母的身分，好在部落裡說話有分量，但卻不考慮我的這一生的感受，太自私了。結果，師父你知道嗎，我最後受不了我的老闆叫他的女兒跟我睡，我卻無心無膽傷害她的善良，每睡一晚老闆就給我一千元的現金，問我有沒有那個那個，但我想到『上帝在製造人間的笑話，也是人間的悲劇』時，我就偷跑回蘭嶼，哈……哈……哈……，結果我的老闆來到蘭嶼，在我面前哭著求我回去工作，他說：『小倩是別人把她放在我工廠的門口，我就收養了她，已經十八歲了。你回來，小倩就高興。』所以我就來來回回。這是我小小的插曲。」

「後來有沒有那個那個！」

「沒有啦！小倩很善良啦！」

哈……哈……哈……他們清脆嘹亮的笑聲驚醒了安洛米恩家的老公狗，他們丟下魚骨頭給牠吃，安慰牠別亂吼叫。

這一天，無論是船釣，徒手潛水網魚，或者是其他潛水射魚的族人都豐收似的，凡是出海的男人家裡都聚集了人潮，各自說著今天在海上抓魚的故事。海就在達悟人家屋的前面，海洋分秒的變換早已斧刻深植在他們的心海；假如海裡魚類沒有被他們的祖先分類的話，他們的海洋文化之內涵在現代化的洪流裡早已破滅了。假如海裡沒有魚類，他們就不會有很多的故事可以說，安洛米恩想到此，心中不免落寞，過去經常射到大魚的日子，父親從未邀請親人分享他的大魚，使得他的家始終鮮少有親友拜訪。想著今天鮮美的屬於女性吃的大石斑魚，父親又沒宴請女性的親人來家裡共享，眞是個討厭而又自私的老爸，想到這個事情的時

⑰ sumagpiyan，指一個人的資質低等，說話的邏輯異於正常人，接近低能兒的意思。

候，他很快的，也自然就傷感了起來。他於是爲此好奇的問達卡安：

「Yajini manyoy si yamamo ri.（你的父親爲何沒請你們的親戚來分享我們射的大魚！）」

「Yamayi o laopan ko kani shiaocyan, orio nani yangay ni yama macipapayi ri.（要來我的老闆和小倩，所以我爸爸就把魚冰箱起來，去抓龍蝦。）」

達卡安接著說：「我一定會請你來喝酒啦！他們來的時候。」

安洛米恩笑了起來，又問：「他們來做什麼？」

「不知道！」

「眞的嗎？」

「不知道！也許……我快要當兵了吧！」

「當兵……」想了一會兒，安洛米恩舉起酒杯敬達卡安，說，「小倩美嗎？」

達卡安突然噴出口中的酒，過了幾次呼吸擦完嘴邊的酒精，說：「有點傻傻的美啦！」

「Kiyan napam.（聊勝於無啦！）」

達卡安再次噴出口中的酒精，兩人在深夜裡因而彎腰的哈哈大笑，「聊勝於無啦！……」

「聊勝於無啦！……」就一直陪著他們的想像，在涼台酒醉睡到清晨。

這是六十七斤的藍鰭鯵（浪人鯵），我潛水去拿的。他們是徒手潛水夫，深海獵人。徒手潛水夫在蘭嶼已逐漸成為稀有人類。

島上的人們：他們的生活。夏曼・藍波安／提供

25

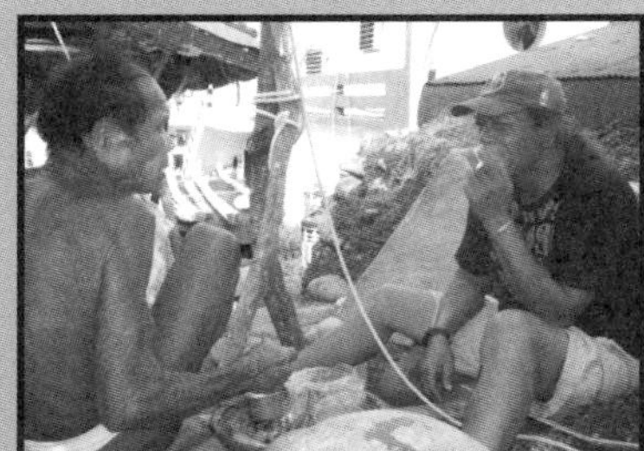

海邊的人們：以及漁獲。劉嵩／右圖攝影，夏曼．藍波安／提供

右圖：造船的人們。

左圖：準備出海的人們。MaoPoPo／攝，夏曼．藍波安／提供

劉嵩／攝，夏曼．藍波安／提供

浪子達卡安

伊姆洛庫部落、伊拉岱部落相距約是三到四百公尺，兩個部落正面向海是正南方的菲律賓，中間鵝卵石的小澳灣是巴丹人與達悟人在三百多年前南北航海靠岸與交易的地方，達卡安從小就聽外祖父說兩個民族南北航海的故事。某天午後，他坐在這個地點的公路邊，一位台灣來的女孩，小文開的一個開放型的pub，在面海的椅子面海喝一杯龍舌蘭，東南邊有個小島，大島上的原住民稱之Jimagawud，那是個無人島，意思是說「暗流駭浪的島嶼」，另一個名稱是「惡靈的島嶼」，漢人來了之後把它改名為「小蘭嶼①」。

「飛魚季節過後②，我帶你去小蘭嶼，好嗎？」達卡安背著小文說。

「只有我們兩個人嗎？」

「我會找人陪我們去，」喝完一杯後他說。

小文又遞了一杯給達卡安，說：

「一杯算你一百二十塊。」

「我抓兩斤龍蝦，我喝五杯，可以嗎？」這樣的交易小文可以接受。小文十九歲第一次來蘭嶼旅行的時候，龍蝦是達卡安給她的見面禮物，那時龍蝦、章魚、五爪貝就是他的零用金，幾乎每天把青春獻給波浪的少男，小文生平第一次感受到如此深愛潛水的少年，於是稱呼達卡安爲「波浪的兒子」。「浪子」，這樣的外號比章魚王子高尚且賦有憂鬱的浪漫，小文跟他如此解釋後，他十分的欣慰，內心感到十足的充實感，不僅如此，這似乎洗刷了伴隨他成長的污名「零分先生」。

「飛魚季節過後，好啦！」

在飛魚季節夜航捕飛魚的這幾天，達卡安很想慫恿父親開他們小型的機動膠筏船去小蘭嶼，他個人的目的不是要捕撈很多的飛魚，而是想要試試他製作的新魚鉤，買的新魚線的運氣，用此來預估今年運勢的好與不好。其次，這幾天其他部落的年輕人在小蘭嶼夜釣浪人鰺收穫很好，都是四十斤以上，因而激起了他夜釣大魚的欲望，他從小就有的願望，成年的象徵。那天的午後，他握著剛做好的釣組坐在涼台上望著小蘭嶼，心情愉悅的說：

「Maka sagaz ka mo katowan.（願你們有大魚的靈魂。）」

他遠望小蘭嶼，喝一口啤酒，腦海裡不時的幻想出自己釣到大魚時的英姿，來吧！說在心裡。

①一九三六年一月二十九日之前，日本人稱蘭嶼爲「紅頭嶼」，之後台灣國民政府更名爲「蘭花的島嶼」，所以小島就稱之小蘭嶼。

②飛魚季節是陽曆的二月到六月。這期間抓龍蝦、底棲魚是達悟人的禁忌，是達悟人海洋生態永續的傳統觀念。

喝完了兩罐啤酒後，在大太陽下撐開兩張魚網，好好的整理，以及勾在魚網前頭的閃爍的燈號，他希望做好出海的準備工作，好讓父親的心情好，才有機會去小蘭嶼。

父親、弟弟、媽媽都回到了家，他立刻跟父親說，出海的魚網、漁具他全都整理好了。在父親吃晚飯後，說：

「Yamiyan kono Jimagawud so ananak da.（聽說在小蘭嶼有很多飛魚。）」

「Jyanuyung rim, yamyan so abyab no avang ta.（沒錯，但我們的船沒多少汽油。）」

汽油，他想這是需要用現金買的，啤酒可以賒帳，汽油不可以。現金似乎是他實現與浪人鰺格鬥的障礙。他回到涼台上休息，想著自己在過年回來時把賺來的錢都拿去請朋友，就是原來計畫要買中古機車的錢也花在酒桌上，想著自己對朋友的熱誠，只在乎當下的享用，而沒有一絲未來的短暫計畫，想到此，他有些許的惆悵，感傷自己不是資質好的人，好像他母親一樣，在小學都是考零分的高手。在沒有喝酒，清醒的時候，他已經告訴自己無數次的要守住五萬元的存款，可是一碰到酒精，他右邊的頭腦就失去了思考的功能，而左腦只想著當下的酒精好喝，當下跟朋友炫耀自己在海裡如何如何的敏捷。現在他轉向弟弟說：

「有錢買汽油嗎？」

「我怎麼會有錢！我剛從監獄回來啊！」

當然，這是他知道的，白問了。

入夜之後，海面出現一閃一閃的五十幾個紅、白、綠、藍色的不同燈光，在不規則的海面閃爍的燈號十分的清楚，十多艘人力划的拼板船，其他的就是機動膠筏船，以及航行速度快的快艇。海面直線的長度約一公里左右，在入夜了之後一個船一個燈，這些燈號從陸地望去很讓人心情愉悅，增添海洋在夜間的美感，這些閃爍的燈號，也讓部落裡的婦女覺得是先生在海上的平安信號，是近二十年來從台灣引進、捕撈飛魚的燈號。

飛魚很像人群，潮水好的時候就像陸地天氣好一樣，讓人們聚集的閒話家常。papataw、pipilapila③兩個月是達悟男人夜間捕撈飛魚的季節，只要海浪、氣候允許，每天晚上幾乎都有人出海。飛魚、波浪、夜空在這個季節宛如是男人的家屬似的，夏曼．達卡安很早就這樣灌輸他的兩個兒子。在孩子們長大後的今天，尤其是大兒子達卡安，把青春的歲月獻給出海捕飛魚，下海潛水。

沒有去小蘭嶼捕飛魚，是因爲沒有錢，也是因爲他們的膠筏船太小了。畢竟夏曼．達卡安在他的小孩達卡安這個年紀經常與岳父划拼板船去小蘭嶼，他不是不想去，而是自己與兩個兒子都不熟悉機械，很害怕船外機故障，再說，新一代的族人有了機動船之後，也就比較勢利，少了許多的禮俗，在愈來愈依賴外來的便利物資時，自私自利也就愈顯明。達卡安很理解這一點，沒錢買汽油不是父親的錯，而是自己的內心世界，自己的肉體裡，海洋的熱情

③大約是陽曆的四到六月上下。

波動占了四分之三，只單純的想著自己沉醉在與大魚格鬥的浪漫想像，卻不顧慮機械是需要喝汽油，此時，只好順著父親，在附近的海域捕飛魚。

「孩子們，回航吧！今夜夜空陰陰的，飛魚在比較深的海裡洄游，需要溫度保持體力，等待午夜海洋再次漲潮的時候，他們將游回到淺海礁岸的亞潮帶休息，而且潮水很穩定，飛魚無法在逆流中展翼覓食，也沒有洄游大魚的獵殺，就沒有群聚的飛魚。」夏曼．達卡安對兩個兒子，以及已三十來歲的姪兒說。

夏曼．達卡安拉起十匹船外機的引擎線，他們乘坐在一個簡易的、無篷的，長度約是四米半左右，寬約莫一米二十的膠筏船。島嶼夜空的繁星被灰色的雲層遮蔽，只有南邊菲律賓巴丹群島的夜空如清澈的溪流，可以數清楚如鵝卵石數量的繁星。引擎Bong…Bong…的啓動聲，淹沒膠筏船切浪的ㄆㄧˇㄚ…ㄆㄧˇㄚ…聲，海浪看似平靜，卻不知道他爲何往往讓船隻顚簸，讓船隻不得平穩，這或許是達悟祖先找不到海洋的心臟，把海洋人格化的原因吧，夏曼．達卡安如此的想。

在海上捕飛魚的機動船都已經回航，也不見人力划的拼板船在海上拖釣大尾的魚。寧靜似乎是此刻他們在海上最好的夥伴，在海上的寧靜也感受到繁星對夜航的族人的重要，這是達卡安最愛的情境，讓腦海淨空，專注於釣大魚。若是二、三十年以前，此刻的午夜，海面上都可以聽見耆老們吟唱古調詩歌的，如此在漆黑的海上吟唱，不是展現歌聲歌詞的美，而是表明有人在海上釣大魚，有人回應也表示你不孤單，這些往事想在夏曼．達卡安的心海裡，還眞讓他懷念過去沒有燈火夜航捕飛魚的歲月，好像傳統漁撈的漁法，不假藉任何現代化的器具，傳統的招魚儀式，不假借西方人的上帝的庇祐，海洋宛如是女性的子宮，讓男性在她的律動下成熟。如今，現代化的便利，令他的生活節奏樂府複雜多了，於是只能怪罪自己沒有吟唱古調的天份，或著說，他根本就是無法理解古調裡傳達的人與大海融爲一體的信仰吧。他雖然非常渴望學習古調的旋律，學習歌詞的創作，但是最後他發現古調歌詞根本就是不重要，換不到現金，爲此花了二十年的時間存錢，爲的就是買一艘膠筏船，以及十匹馬力的船外機。

已經六十歲又一的他，發現自己在台灣社會工作的經歷不如兩個兒子、姪子，想跟他們說教卻說不出口，而民族的傳說故事、傳統信仰他也不在乎，讓他沒有中心思想，也不會建造拼板船，其實就像他現在的兩個小孩一樣，人生沒有目標。即便他有了一艘膠筏船，實現了在海上奔馳汪洋，破風切浪的豪邁願望，然而沒有收入，天天爲汽油傷腦筋，豪邁的在歲月的洗滌，只刻痕著皺紋的深度，以及失落感。

公路上的路燈，部落的燈火通明，多少還讓他們在海上夜航的心情能夠安穩，然而孩子們還捨不得回航。靜靜的在海上觀賞公路上稀疏的車燈，達卡安看看身邊拖著延繩魚線的表哥，夏曼．契伯安，在過了幾道波浪，說：

「想不想釣大魚？表哥。」

「問老大啊！」指著達卡安的父親。

「Ilamdamen tam pala Jisivusut mo yama.（在Jisivusut海域那兒試試釣大魚看看。）」達卡安央求著父親。

夏曼・達卡安看著船上才一百多尾的飛魚，然後仰天看看雲層，雲層與天空的眼睛比出海前多了許多，風也沒有先前的涼意，夜空出現較白的雲朵，此夜還是在中潮的潮況，在達悟曆法是吉利的夜，而他自己也想釣大魚。

Bong…Bong…的引擎聲，彷彿如心脈的脈搏，在挑戰他們自己的體能，以及與浪人鰺搏鬥的勇者想像，算來他們已連續夜航了一星期，家裡也庫存許多飛魚乾，洄游大魚吃餌的喜性端視潮水的變幻，他想。此時，腕錶時針剛過了十二，於是夏曼・達卡安把膠筏船往外海開，這個方向看在達卡安眼裡，就知道船隻開向Jisivusut，在他們部落前方一海浬遠的，鬼頭刀魚、浪人鰺、鮪魚出沒的海域，達卡安嘴嚼檳榔微笑看著表哥。

「Kaji mivazay Man・Chibuwang.（你不上班嗎？夏曼・契伯安。）」

「Ko miwalam si maraw.（明天我休假。）」

夏曼・達卡安選擇三十米左右深的地方放下錨，說：

「Asa am paneden do kanavakan na, asa am paziuden nyu.（一個魚餌鉤下海底，一個魚餌鉤放流。）」

船隻穩定之後，達卡安教他弟弟如何切魚餌的方法，說：

「這樣切，魚餌才會漂亮，大魚才會有興趣吃，就像美麗的姑娘裝扮自己，人人愛看的道理一樣。」

弟弟面帶笑容看哥哥，說：

「別唬我啦！我又不是你那樣笨，考試都零分。」

「也許吧，但你在海上是零分小弟啊！」

「別詛咒我的靈魂。」

「好啦，對不起，弟弟。」

風向由東北轉換成小東南，海流也由南北向轉爲西向東，此時達卡安跟表哥說：

「哥，你看Jisivusut巨岩的波浪浪沫由西南流向東北，你的心靈要虔誠。」

「別唬我啦！我又不是你，零分先生。」

「我用經驗跟你說，」達卡安很快的從活魚籃抓起一條活飛魚，立刻的把魚鉤勾在魚兒的鰭背上，然後放流，說：

「Pacyopen nyu ri manga katowan,④ kalayid nyu so zazawan namen, a zazafungen namen.（你們拿去呑吧！讓我們的曬魚木架彎曲，懸掛你們的魚頭。）」

---

④ katowan是對飛魚、大魚祈福的專有用語，是對飛魚神的敬愛之意。

「Asyu kakman so rarakeh ya.（你的用詞語彙很像耆老啊。）」夏曼．契伯安語帶嘲諷的說。

「Tomo lanbanbang ngi pala syu am.（別嘲諷我，等會你就知道。）」

幾分鐘過後，夏曼．達卡安切好了幾尾飛魚的新鮮生魚片，又從登山背包裡取出兩個塑膠罐的米酒，杯子就用船上剩餘的寶特瓶。

「Oya so sasimi ta.（新鮮生魚片切好了。）」

夏曼．達卡安看著他的兩個兒子，雖然是標準的「海洋之子」，從達悟的傳統觀念，從海洋漁撈的角度而論，這是他所希望的，希望孩子會抓魚，而不是跟他人買魚的人。然而，他更期望孩子們在達悟人進入了現代化社會之後可以有正常的工作賺錢，可以積蓄存錢養活自己，在自己逐漸老邁，體能衰退之後的歲月。

大兒子達卡安國中時期只會往海裡，逃避上課，沒耐心在課堂裡，最後只領結業證書，次子拏翁高中沒畢業就去台灣混流氓，但不會說閩南語而被排擠，回來也只能在這個小島打打小工，賺菸酒錢而已。此時夏曼．達卡安只能感嘆自己沒有教育好孩子，不曾陪孩子念書，寫功課，當然也讚美自己在孩子們的這個年紀奉獻給海洋。

「達卡安，酒慢慢喝！」

「知道啦。」

達卡安身高沒有過一六五公分，壯壯的，體重有八十五公斤。此時，活的飛魚餌已放流了一段時間，在他喝足了酒、生魚片之後，把手伸進海裡洗手，說：

「Pacyupei kamori mangakatowan.⑤（大魚們拿去生吞吧！）」

達卡安起身拉著魚線，看看天上的繁星，在他十七、八歲的時候曾經在這兒徒手潛水，用魚槍射過二十幾斤的浪人鰺，魚槍雖然被大魚奪走，但那一次與大魚搏鬥的經驗，讓他眞正理解了徒手潛水人的膽識，以及有「大魚善靈」的男人有個難於言喻的命格，是屬於海洋性情的人，不確定性的性格。

他在海上細心的觀賞島嶼夜間的形貌，想著自己已往生的外祖父，在飛魚汛期，夜間划著拼板船經常在這個海域拖釣到天明，現在他們乘坐在有機械的膠筏船上，整體性與海洋間的親密，追逐大魚的鬥志，顯然他這一世代與祖父輩們有很大的落差，讓他不得不打從內心裡佩服部落裡的耆老。現在只不過才十幾年的光景，他這一世代已不會造船，不會划船，更何況在黑夜暗海，在海上一人船釣大魚，若是沒有足夠的海洋知識，斗膽，是不可能夜航的。想著，現代的人比祖父那個世代的人驕傲太多了，又粗俗。

此時已是午夜過後的兩點鐘左右，他的魚線有了動靜，他的弟弟犽翁以連身的雨衣裹著自己在船首睡著了，表哥與父親還在期待大魚的動靜，就像在編織一個故事的源頭與結局似

⑤達悟人稱飛魚汛期的魚類的專用名詞。

的，那股謙敬的神情似乎比疼愛妻子更眞情意濃。

ㄆㄚ的一聲，夏曼．達卡安的魚線被大魚拖下，五、六波浪之後，他即刻用左手停住魚線，臉上露出痛苦的表情，達卡安即刻說：

「Pawuyuyan mo, mo yama.（爸，慢慢送線。）」

他理解，那是大尾的藍鰭鰺，痛苦的表情浮現緊張的模樣，夏曼．達卡安轉身正面與大魚比拉力，他的經驗告訴自己，魚鉤勾住起初的時間恰是浪人鰺企圖掙脫、最有力氣的時候，他慢慢的送一些線。那痛苦的表情看在夏曼．契伯安的眼裡，猜想是大尾的魚。

此刻，達卡安的魚線也有了被小孩捏皮膚的感覺，偶爾捏也偶爾放，咬勁感覺起來是小尾的，但這種感覺至少比魚線沒動靜來得過癮，瞬間魚線被拉得筆直，魚兒拉了五噚的長度時，達卡安就不再送線，然後用力的拉了兩噚，魚兒立刻被勾住，手掌緊緊握著魚線，他知道大魚已勾住了，他不放線，這是讓魚兒拉著，就是人與魚比拉力，也考驗達卡安的經驗，與新的漁具的運氣。他感受到大魚拉力的強度約是二十幾斤的浪人鰺，此刻他故作沒動靜的樣子，點了一根菸，吃一顆檳榔，且溫柔的吐出嘴裡檳榔汁，說：Katowan……Katowan……祝福魚兒，也祝福自己的靈魂。

「Mangno, yasira mehakaw[6] mangawari am.（如何呢！他們有沒有在工作？）」表哥問道。

「Syajya kolalala[7] mo kaka a.（他們很少，沒有動靜。）」達卡安回道。

「Ikongo a, da panpandan nira katowan a.（今夜，大魚沒有興趣吃餌。）」

船艉，他的父親還在跟大魚比拉力與耐力，以及經驗。達卡安看著拉大魚的父親，說：

「Makapiya ka mo yama.（別手忙腳亂，爸。）」

王八蛋，這需要你提醒嗎！他心裡想。事實上，他知道自己的肌肉組織確實衰退許多，到現在與大魚相互比拉力已超過了婦女餵豬所需的時間，大魚不想上船，他卻十分需要大魚被他拉上船，好讓這艘船屬於會釣到大魚的船號，若是大魚在海中脫鉤的話，也許從那一刻起，兒子就會立刻成爲他釣浪人鰺的老師，給了兒子羞辱自己，永遠剷除不了的把柄，瘡疤。

夏曼．達卡安暫停拉大魚，扭轉頸子看一看陸地上的燈火，船隻被海流帶走，遠離了原來下錨的地方，這個同時，達卡安時快時慢的拉回魚線，盡量的不讓表哥察覺他已釣到大魚的樣子。他的父親仍然與大魚搏鬥，夏曼．契伯安在其身邊幫忙捲收多餘的魚線。

達卡安邊看天空繁星邊看海面，他的表哥當然沒察覺到他亢奮的表情。沉靜的夜色，漆黑的大海下不時的變幻潮水的流向，也轉換漁夫們的情緒，若是沒有大魚吃餌的訊息，在凌晨過了兩點之後，是最會讓人疲累的時段。

瞬間的，就在這個時候達卡安把大魚拉上船上，ㄆㄚ…ㄆㄚ…ㄆㄚ…驚動了表哥與父

---

⑥ mehakaw，飛魚季節在海上的專用詞，意思說是「大魚有在工作嗎」白話語就是「大魚有在吃魚餌嗎？」的意思。
⑦ kolalala 是很少的意思，飛魚季節在海上的專用詞——在海上，「沒有」是禁忌的語言，「很少」表示有希望的意義。

親，此時，達卡安刻意消遣他們說：

「Kaka, ikongo ngaran noya ya.（哥，你知道這條魚的名字是什麼呢！）」

「Katengnan!（你不知道才怪。）」夏曼．契伯安語帶微笑的說，等回你就知道，薑是老的辣。

夏曼．達卡安跟夏曼．契伯安說：

「Apei sagit, ta yana masngen do avang ta.（去拿鐵鉤，魚已靠近船身了。）」

夏曼．達卡安坐著拉大魚，但他痛苦的樣子不下於被野狗咬一口的表情，夏曼．契伯安則跪著做準備勾住大魚的動作，船隻不斷的被浪搖晃拍打，那是一艘很小的膠筏船，離波動的海面僅僅只有二十公分左右，於是風吹的波浪會打濕他們全身，因此在四級的和風微浪，他們就不敢出海捕魚。

達卡安釣到大魚後，立刻的走到船尾看著正在拉大魚的父親，父親與大魚比拉力的痛苦樣，知道那一尾比自己釣上的還大一倍，但是，他是不可能幫父親拉大魚，他理解這是達悟人在海上的禮俗。

夏曼．達卡安停住拉力，休息片刻，然後又說：

「Macyanud ka mo katowan, ta oya kona rarakeh a apowan.（願你的靈魂順我意，因我已是爲人父的老人了。）」

說著說著，他仰身的拉，就像划船的態姿，在五、六回使力的拉扯後，大魚被拉回到了船邊，又說：

「動作快一點，」身材健壯的夏曼．契伯安動作俐落的勾住大魚的鰓，大魚的野性還在，與達卡安合力的把大魚拉回船內，「哇！」夏曼．達卡安終於可以正常的呼吸了，同時疲累的面容露出男人短暫昇華的驕傲。過了一回夏曼．達卡安的呼吸正常後，說：

「Ngaran no niya manga nako am, pehakaw a cilat.（孩子們，這尾cilat〔浪人鰺〕的名字是pehakaw〔藍鰭鰺〕。）這是讓孩子們認知大魚的達悟語的稱呼。

這時夏曼．契伯安啓動消遣達卡安的嘴，說：

「pehakaw的中文名字，你知道嗎？那個漢字，你寫得出來嗎？」

「pehakaw的中文名字就是『藍鰭鰺』。」達卡安的微笑被他表哥消遣宛如天空的眼睛那般的優雅，不吭聲的捲收父親的魚線。他雖然也釣了同類科的浪人鰺，但比起父親的，是小了一號。然是，他們獵到大魚終究是事實，這將會增加達卡安在海上的故事，鞏固「浪子」的名聲。

夏曼．達卡安發動船外機，Bong…Bong…Bong…膠筏船開始搖晃，達卡安從浪人鰺的嘴裡取出魚鉤，而後看看夏曼．契伯安，那種表情似乎在跟表哥宣示，在海上夜釣浪人鰺的技巧要多多的跟他學習似的。當然夏曼．契伯安理解這一點，理解達卡安比自己對於海洋在心中，說不出的信仰來得深厚，所以大魚經常光顧達卡安的魚鉤，雖然這是沒有理論的依據，但在這個小島上仍然流傳著某些特定的男人就是有某種靈魂是與大魚有緣分的，達卡安就是

Jilangoina，我潛水的地方，是很危險的海域。
劉嵩／攝，夏曼．藍波安／提供

裝在網袋（karai）中的小魚。
劉嵩／攝，夏曼．藍波安／提供

屬於這樣的男人。

然而，叫他拿筆寫「浪人鰺」的漢字，遠比他父親開飛機來得困難。當然，會不會寫對他而言，是最沒有興趣的事，終究他早已放棄寫漢字，看報紙，最困難的就是去郵局，提款單必須央求表哥幫他寫字。

「Ka maka miyamya rana, mo Tagangan!（達卡安，很滿足吧釣到大魚。）」

「Pavilangen rana yalikei to.（這小魚還不值得炫耀。）」

達卡安謙虛的回應，畢竟這尾浪人鰺已是他今年的第八尾了，滿足與否是瞬間的感受，感受海裡的浪人鰺，他心目中水世界裡最俊美的魚類，用一繩魚線建立釣到的興奮與斷線失去時的失落，魚線的意義就是希望與失望，到了部落就轉換成masagaz a ta-u[8]，如此之聲譽是長年累積的，達卡安明白這一點，所以「滿足」只是外表行爲的短暫表現。

而父親釣上的藍鰭鰺看來至少有六十斤以上，兩條藍鰭鰺就在他們身邊，夏曼．契伯安從袋子裡取出一瓶保力達B，盛滿了一杯給叔叔，說：

「Marang kong a yanima zikna, ano abo o nyapowan a panavuhan so cireng[9] am,ji namen a tomalilis so tokto ya.（辛苦你了，叔叔。若是沒有長輩虛心指導晚輩們在海上的信仰，我們的成長會是慢的。）」

「Wari cyong si Tagangan.（辛苦你了，達卡安表弟。）」

達卡安看見保力達B就像釣到藍鰭鰺那樣的興奮。三人乾完了一杯之後，夏曼．契伯安又均分了三杯，然後夏曼・達卡安回應說：

「Katenngan nam mangdei so ahehep ya, so jinyu macyangayi omlululus do karakuwan no wawa ya, ta makanyaw an.（這樣的成績不是每夜的，往後但願你們不要在深夜的汪洋上亂吼亂叫，這是對海神褻瀆的行爲，請牢記。）」

這樣的話語融合著夜的沉靜，海的溫柔像一道冰涼的溪水灌入表兄弟二人的腦門，體悟到前輩沒有唬人，消遣晚輩的語彙，也如他們兒時吸允母奶那般的幸福。

夏曼・契伯安很早就失去了父親，嘴裡拈手口嚼的魚肉、喝的湯，都是達卡安的父親在海裡的辛勞，在他心中視爲己父，這個恩情很自然的轉移到兩個表弟身上，尤其是達卡安。當然挐翁在監獄的時候，也都是他去開導，陪他談天，這是回饋叔叔對他的照顧的。

當馬力薄弱的膠筏船駛過一個岬角時，他們看見三艘人力划的拼板船仍在黎明前期待浪人鰺、鮪魚吃餌上鉤的船伕，達卡安內心很敬佩那些仍在堅持傳統漁法的族人，他覺得，那些人比他更深愛海洋，更深厚的傳統信仰與海洋的知識，他默默的祝福那些人，在他心中。淡淡的雲色，黎明前變溫柔的波浪，而逐漸稀疏的繁星好似在提醒夜航的男人回航的時辰到了。

⑧指某個人在海上的執著與努力，換來與大魚相互吸引的靈魂，成爲有此命格的漁夫。

⑨panavuhan so cireng，達悟語意是說，晚輩應從前輩的嘴裡學習漁撈語言，就是學習生活詞彙的意思。

膠筏船在陸地的礁岸緩慢的行駛，達卡安此時坐在表哥旁抽著菸，敘述他在這兒剛潛水時的經歷，啓蒙他那個人就是迄今仍被部落族人視爲患有「妄想症」，部落的人稱之「神經病」的安洛米恩。在他心海一直存有對他的感恩。達卡安跟表哥敘述這兒的海底地形，及潮汐海流的變換後，說：

那年是秋天的剛開始，由於我那台中油漆行的老闆希望我娶他有些些智障的女兒，我們達悟的話，就是有點 sumagpiyan⑩，我知道他的女兒還算是漂亮，也想嫁給我，她說的，對我來說，而我自己也是……不識字的那種人。假如我們結婚生了孩子，就等於「sumagpiyan」小孩的父母親，我非常擔心我被部落的人說，是「智障家族」，爲此我就離開了台中，離開了哪位小女孩回來蘭嶼。

回來後，我跟父親說了這段姻緣，但我父親卻臭罵我說：你不娶她，我何時升格爲祖父呢！娶回來吧！孩子。我就升格爲祖父了。

我很生氣他，他只考慮到自己要升格爲祖父，卻不思考我未來被部落人嘲笑的處境。

這時候，夏曼．契伯安用手蒙著嘴巴，唯恐吐出嘴裡的保力達B，嚥下之後，他微笑的嘴，看在達卡安眼裡是滿詭異的，然後說：

「你的意思也是，可以那個那個嗎？」

夏曼．契伯安依然用手蒙著嘴巴，頻頻點頭，好似有那個那個就滿足似的意涵，達卡安搥了表哥一拳，說：

「好啦，談那個那個在飛魚季節是禁忌啦，哥哥。」夏曼．契伯安依然用手用力蒙著嘴巴，頻頻點頭，說：

「我們回陸地時跟我說你的故事。」過了二十幾道波浪後，達卡安注視表哥的表情繼續的描述：

回來後的幾個月，有一天安洛米恩帶我來這兒潛水射魚，那時正是他最正常最健壯的年紀。我們在這個岬角潛水，對我來說，這是個陌生的海域。然而我們在海裡與三百多尾的Fuzong[⑪]相遇，運氣非常的好。

Fuzong家族的出現就是潮流強勁的時段，安洛米恩跟我說的。我們在海面上，這個巧遇，彼時的壯觀情境，讓我非常的驚訝，是我第一次遇見最多的大魚，這兒也是我們島嶼最好的漁場，魚兒在我們蛙鞋下悠然的迴游，很有規律，小尾的，約是

⑩指某人行爲語言介於正常與不正常之間的人；智障。

⑪屬於浪人鰺魚科的一種，中文名字是泰利鰺，肉質是紅色的，在達悟的魚類知識是「眞正的魚」——女性吃的上等魚。

十斤左右大在最前方打頭陣，接著是二、三十斤的，然後是五、六十斤以上的大尾浪人鰺。那是我第一次親眼目睹Fuzong家族，第一次在海裡遇見野性純眞的浪人鰺。我的眼睛一直觀賞著牠們，整群是乳白色的，在海中游向我們移動，我想，也許那是牠們游近岸邊淺海的路線，除了大小可以分辨外，牠們的臉、千粒眼睛都一模一樣，分不清誰是將軍、誰是兵卒，全部都沒有笑容，根本就不會怕我們，也許牠們的眼睛長在頭殼的兩邊，目視水世界的四面八方，而不會仰頭望海面吧，所以牠們好像看不見我與安洛米恩，然後整群的魚就在被珊瑚礁圍繞的海底沙灘上靜態的休息，靜止不動。在午後時分，牠們好像在吸納陽光的溫度，作日光浴的樣子。

安洛米恩彼時命令我在海面上看他潛入海裡射魚，命令我不可驚嚇牠們。他裸著上身，穿著一件寬鬆的短褲，頭在下面，腳在上方很從容的潛入海裡。三百多尾的Fuzong家族，察覺有「賊」侵入，然後整群魚兒就很規律的浮上來，約在十米左右與安洛米恩相會。

哇！我說在心裡（後來安洛米恩跟我說，這群魚兒是剛來到我們島嶼的觀光魚〔客〕，對我們很好奇的），Fuzong家族偶爾逆時，偶爾順時的圍繞著安洛米恩，他就在魚兒們的中央，他的肺活量好，也像魚兒一樣的在海中，不下沉也不上浮，而我像是月亮似的在海面用水鏡觀賞，我手上的魚槍在顫抖，我的心臟急速跳動，但他一點都不急躁，很沉穩的觀看身邊的魚兒，他被圍繞，就在Fuzong家族的中央，最後他選擇適合他實力搏鬥的Fuzong射，射了一尾將近三十斤大的Fuzong，我看見他的魚槍鐵條從魚兒的眼睛射入，所以那尾大魚根本就是沒有時間掙扎，之後很輕易的被他拉回海面，而我，由於年少輕狂又沒經驗，首次在水世界裡遇見如此壯觀的Fuzong家族，於是我接著立刻潛入海射了一尾十多斤的Fuzong，就在那瞬間Fuzong家族圍繞著我，整群的魚兒在我四周圍繞著被我射中的那一尾，我射到那條魚的胸鰭，魚兒的鮮血立刻噴流，牠沒有痛苦也沒有狂叫，那眞是美極了。可是魚兒瞬間從我手裡奪走魚槍，然後那尾Fuzong把鐵條與木槍連結的魚線纏繞在海底的礁石，試圖掙脱，就在這個時候，我浮衝海面換氣，而安洛米恩再次的潛入海裡，我在海面觀望，緊張的像是被野蠻的狂犬追逐，拚命的吸氣換氣，心臟的跳動比跑一百公尺來得更爲激烈，波浪此時不斷拍打我的面鏡，也降低我憋氣過久而漲紅的臉，哇！我潛水射魚的首尾，若是被牠脱困，我就是沒有潛水的善良靈魂，我想在心裡，也告訴那條魚的靈魂，說：「我靈魂的摯友、我靈魂的摯友」。

我同時看著安洛米恩在海底的狀況，事實上，那尾Fuzong使盡力量試圖扯斷魚槍的魚線，也許是我有海洋的善靈吧，也或許是安洛米恩的靈魂對我友善吧，我看見他在海底解開被纏繞的魚線，然而在這一刻Fuzong家族並沒有立刻的逃走，牠們反而在礁石的外圍迴游緩繞著安洛米恩與牠們的同胞，這一幕讓我心裡非常驚訝，Fuzong是有情感的魚類，海底溢出了魚的鮮血，被海底的流水稀釋，在深淵的灰色

水世界失掉了鮮紅的艷麗色彩，如煙霧飄散在空中，回歸爲自然環境的元素，安洛米恩彼時就在數百尾魚兒當中，繞著他慢慢的浮出海面，那永不復現的野性畫面，就被雕刻在我心海，永遠抹不掉。在他快接近海面的時候，Fuzong家族心有餘悸的遠離了我們相遇的海底，游回到沒有深海獵人獵殺的深水世界。當我抓住了我的魚槍後，安洛米恩說：「兩條夠了。」

可是還有上百尾的魚兒在我們腳下，我首次遇見如此多的Fuzong，內心裡有股原初的再次獵殺的野蠻血液，但是安洛米恩不發一語的帶領我，以及兩條浪人鰺順著海流游到另一邊，卻沒有一絲再次獵殺的野心。

安洛米恩跟我說，順著海流游，看看深淵的水底，讓自己的心情像嬰兒那樣的純潔，海洋無數的靈魂就不會傷害你的。

當我們游到陸地時，我察覺到安洛米恩一絲疲累也沒有，我問他，爲何不會累？他卻很正經的回答我說：「人的死期已在天上仙女的記事簿裡了，所以潛水的男人要觀察海洋的脾氣，而不是自己粗超的英雄展現。」

這句話我一直放在心上，所以部落的人說他是「神經病」時，其實我的心很是難過的，是因爲他跳棋式的思想比較不會讓人理解。達卡安說完後點根菸，此時海平線有了微明的光。

「我們應該高興，今天的大魚。」

「理解你對安洛米恩的理解啦！表弟。」夏曼．契伯安接著又說。

夏曼．契伯安也是潛水的男人，潛得當然比達卡安、安洛米恩深，但這些很哲學的話語，他第一次從達卡安的嘴裡聽見，而且很有意義。他認為海洋讓他們成熟，讓他們快樂。

當他們回到碼頭的時候，天已漸漸的明亮了起來，而夜航捕飛魚、釣大魚的一些機動船也在這個時候陸續的回航了。這個時候，碼頭聚集了許多夜航的漁夫，他們逐漸被其他部落的漁夫認識，他們也同樣的認識了其他部落夜航的男人，那些老中青的達悟男人，在飛魚季節時的情緒是屬於海洋的，那些人看在達卡安的眼裡，顯然他在海上要學習的事務還很多。夜航、釣浪人鰺成為他在酒桌上遇見那些人攀交情的眞情語錄。

「Sya katowa so pehakaw a cilat, sira Tagahan.（達卡安他們釣了兩尾大的藍鰭鰺！）」人們的眼睛如是媒體似的，在飛魚季節期間很快的被傳播起來，那股內心的喜悅很難說出口，達卡安以笑容來回應他人的讚美，唯恐語言彰顯的驕傲語氣會輕易的被摧毀，而在他的內心深層，其實就是試圖剷除他從小就被冠上「零分先生」的污名的。

兩個月之後，飛魚汛期海上捕飛魚、夜釣的季節終於結束了，結束的那一天，也就是piyavehan[12]的開始，這一天的氣候非常的好，因而家家戶戶把今年捕到的飛魚乾全數搬出來晾曬在屋院，數一數飛魚的總數，也把大魚的魚頭、尾翼懸掛於外，宣示自己今年的漁獲成績。

他的部落伊拉岱，婦女們穿梭在親朋好友家的屋院，相互的餽贈飛魚乾與地瓜、芋頭。飛魚乾是婦女們的男人在海上努力的成果，就如地瓜、芋頭、里芋是他們婦女在陸地的辛勤成果一樣的意義，食物的交換也是部落人之間親屬友誼的延續。

這一天早上，達卡安提著十尾的飛魚乾，兩條乾的浪人鰺魚肉，以及三個地瓜送給父母皆已往生的，他潛水射魚的啓蒙人安洛米恩。

安洛米恩是一位懶惰與部落人說話的，孤傲而瘦弱，喪失了生活目標的中年人，他不僅被部落的人視爲「神經病」，也被形容爲「提早當老人」⑬的年輕人。伊拉岱部落的人猶如海裡的珊瑚礁魚類群聚在涼台上口述著今天以前男人們在海上夜航捕飛魚，釣大魚、鬼頭刀魚的故事。

但是人們熱絡的溫度與笑容的深度已不如七〇年代以前的氣氛了，好似小島邁入現代化後，便利的機動船永恆取代人力建造的，用雙手划的拼板船，而與海水互動的親密濃度，就像機動船取代了拼板船一樣，誇張的話語擊敗了謙遜的面容，這一點達卡安很能體悟部落耆老們心中的失落感，以及中生代夾在傳統與現代間的茫然。漠視傳統信仰的洗禮，又沒有現代化後的知識基礎，許多的事件看在達卡安的眼裡都失去了次序，而他的父親是很顯明的例子。

每到美麗的月份的第一天，算是達悟人海陸豐收的節慶，在達悟人的傳統曆法與習俗，就是讓浮游的飛魚休息，不再漁獵飛魚，接下來的就是抓珊瑚礁的底棲魚類，因而漁具轉換的那個月，達悟祖先就稱之爲piya vehan（美麗的月份），食物豐富，通常就是在陽曆的六月份。

安洛米恩似是傷痕纍纍的鬼頭刀魚，在失去了雙親之後，也失去了切割波峰的豪邁，與墮落爲伍，不再潛水了。他孤單一人的在涼台上望海，嘴嚼初夏熱風的冷落，假如他的父母親還健在的話，與親屬間相互餽贈食物的傳統禮儀，他們家族是不會缺席的。

「Ngalomiren, oya ko yazaw jïmo.（安洛米恩，這是我給你的禮物。）」

「Libangbang a kano nigagai a cilat.（飛魚，以及切割的浪人鯵魚乾。）」

達卡安面帶笑容，嘴嚼檳榔的走向坐在涼台上的安洛米恩。

安洛米恩的雙頰、眼眶皆已深陷，身體提早老化，活像個七十來歲的老人。涼台是安洛米恩望海與冥想的地方，他很自然的接受了達卡安給他的禮物，深陷而無神的雙眸是飢餓的表徵，說：

「Nyapa so tabaco.（給我一根菸。）」達卡安點了一根菸給他。

「Ayoi.（謝謝。）」

初夏的微風很是讓人心情愉悅，而天空飄移的雲朵也遮住陽光直射的傷害，也許安洛米恩賦有哲理的思路，讓他的同輩視爲是「腦袋」有問題的人吧。

---

⑫ piya vehan，達悟語就是「美麗的月份」。在達悟的習俗，還可以捕飛魚半個月，之後就可以潛水，使用魚槍射魚。

⑬ 在達悟語彙，是比喻一個人的勞動能量提早結束，惰性提早生根。

「Citayi pa.（等我一會兒。）」達卡安說。

達卡安把地瓜、蒸過的飛魚乾、浪人鰺魚乾放在姑婆葉上說：

「Tahaman mopa among ko si cyawan an.（你先品嘗我今年的漁獲，好嗎！）」

油膩的面容，髒亂的頭髮，還有裸著上身的肉體變得殘弱，扁平而單薄的腹部，顯明的肋骨浮現一層汙垢，好似數年來沒吃過營養的食物，提早退化鬆弛的二頭、三頭肌，活像是他涼台下的狗一樣的飢餓，一樣的未老先衰，他的狀況看在達卡安眼裡是十分悲慘的，這是安洛米恩好逸惡勞的自尊心所孕育的結果。達卡安面對汪洋，背著他，若有所思的說：

「Maka piya ka koman.（你慢慢吃。）」

安洛米恩吃了半粒地瓜，半邊飛魚，說：

「Ayoi.（謝謝。）」

「Mo jiemin.（吃不完嗎？）」

「Mavaw ko.（晚些我再吃。）」

達卡安再次的遞給他一根菸，說：

「Yama nongit o ranom moka jimarlisan?（淡水會咬你嗎？你爲何不洗澡。）」

「Mo pacicalalan jyaken.（幹嘛注意我的身體。）」

「Makowan sya keiteitawuwan mo nokakwa.（你以前的身材不是這樣啊！）」

安洛米恩冷笑了半秒，抽著菸望海，說：

「Ka kapira so cilat si cyawan.（你今年釣幾尾浪人鰺？）」

「Ko kawawu.（八條。）」

「Yabo saki ta.（我們沒酒喝嗎？）」

安洛米恩要求什麼東西，達卡安不曾婉拒過，他知道安洛米恩是他的恩師，是他在海裡潛水教育他的啓蒙導師。達卡安從國小一年級起，他最想聽的課文就是關於海洋的知識，後來上了國中也是，然而這方面的知識需求完全讓他對學校的課程徹底失望，後來頻頻的逃學在海裡遇見了沉溺於潛水的安洛米恩。國中三年的時間就這樣教育了他關於月亮、潮汐變幻的知識，潮汐與水溫否有魚類、章魚、龍蝦出沒等等的，滿足了他對水世界的好奇與渴望。

他被部落的人稱章魚王子，被台灣來的女孩小文稱浪子，達卡安的成長是安洛米恩在海裡耐心指導的成果，今天的米酒，只需一條章魚就可的錢，賒帳與信用如同老海人洛馬比克一樣，雜貨店永遠知道他們的需求只有這些。

「Asa jimo a, adowa jyaken an.（你喝一罐，我喝兩罐。）」達卡安說。

「Tangan.（爲什麼？）」他笑著說。

「Ko mowyowyat kani mo do saki.（我喝酒的力量比你強啊！）」

安洛米恩難得展開笑容，這是他覺得達卡安是單純、憨厚、誠懇，是他認識達卡安的本質，最重要的，也是讓他感到心安的事是；達卡安是他們部落裡唯一不把他視爲神經病的人，這就是說，他在達卡安心中是一個有尊嚴的人。

「Nowun, asa jyaken.（好啦，我一罐就一罐。）」

其實，一罐劣質的米酒，他是喝不完的，他喝酒唯一的目的就是把自己灌醉，比較有膽識在部落裡的巷道走來走去，或是走路去機場看外來著與在地人進進出出，尤其是觀光客回台灣，說是自己的靈魂也跟著他們回台灣觀光。可是今天的酒，是他的潛水徒弟買給他的，部落裡唯一尊重他的人。

「我乾杯，你隨意，師父。」

安洛米恩已經清醒了很長的一段時日，身無分文是不能喝酒的主要因素。他不僅沒有一技之長，別說曾經有過存款，更不屑打零工、當小工，這些達卡安很理解，但自以爲是達悟民族最優秀的家族，等著上帝給食物的想法，好逸惡勞的人，要族人尊敬他的優質血統，天馬行空的話語，達卡安聽多了。

> 達卡安你知道嗎？每次我射到一尾浪人鰺，天神就帶我去拜訪那個minasasadang（天蠍星座）裡的親戚，海神帶我去白色的島嶼[14]拜訪夏本．米督里德[15]，在我旅行累的時候，si Omima[16]就帶我回蘭嶼了。

諸如此類的話，在他們師徒二人喝酒時，他已聽了數百回，甚至聽得不耐煩了。安洛米恩有次餓肚子餓到昏倒，達卡安帶他去衛生所打營養針，他躺在病床上睡著了，凹陷的雙眼，有雙美麗的睫毛，凹陷的雙頰算是英俊的輪廓，達卡安想著安洛米恩五兄弟為何都患有「精神病」呢？在衛生所的病房裡，安洛米恩睡得很沉，達卡安回憶他倆潛水的日子，他無法想像安洛米恩墮落到這個樣子，也許是驕傲的航海家族帶來的厄運吧！他如此作結論在心中。達卡安天眞的要醫生開具證明，證明他有「神經病」的病例，好讓村長向地方政府申請低收入戶的證明，使他每月可以支領三千元，買些食物，遠離飢餓。但醫生說安洛米恩是餓昏了，是十二指腸潰瘍，營養不良，而不是「精神病」。

安洛米恩看著達卡安，說：

「乾杯，Ayoi saki ta.（謝謝我們的酒。）」

三杯下肚的時候，安洛米恩開始說些天馬行空的話，說些他聽不懂的日語、英語，還有說不完的，當個「優質的無產階級」，說不依賴上帝，不依靠政府救濟金，要靠頭腦自力更生等等的他無法理解的話。酒精，讓安洛米恩的想像力豐富，開始胡言亂語，達卡安接著調皮的說：

⑭達悟人死後，善靈最終的歸宿。
⑮四百年前往返於蘭嶼、巴丹島的達悟航海家，是安洛米恩家族的祖先。
⑯達悟族掌管宇宙食物之神。

「師父，你喜歡胖的女人？還是瘦的女人？」

Mavakes! Mavakes!（女人？女人？）安洛米恩想著，女人！女人！似乎在他的生理感受比眼前的大海更遙遠的感覺。達卡安說女人，是希望安洛米恩回到正常人喝酒談天的話題，這時小文騎著機車戴著墨鏡停在安洛米恩的涼台邊，說：

「達卡安，你不是說要請我吃浪人鰺？找你找了很久呢！」

安洛米恩睜開大眼睛，說：

「Mavakes mori mo Tagangan?（那是你的女人嗎？達卡安。）」

「你的女朋友很美嘛！」

「不要亂說話。」

「好啦！去我家裡吃。」

「達卡安，要回來啊！」安洛米恩是孤獨的中年人，今天是個好日子，達卡安送此飛魚乾給他，拿米酒跟他喝，是希望跟安洛米恩對話，希望他忘記上帝不公平等等無厘頭的話，可以正常的勞動，正常的過生活。然而，小文的來到似乎阻擋他善意的計畫。

小文騎著機車載著達卡安，正午的艷陽，以及酒精讓部落的飛魚漁撈結束的節慶增添許多愉快的氣氛，小文邊吃浪人鰺邊問達卡安，說：

「安洛米恩不是神經病的人嗎？」

「我不知道，他是真的還是假的啦！」

「不過，他是我潛水射魚的教練。」

「他們很可憐，一家人都是那個樣子，一喝酒就說他們是星星的哥哥，月亮的弟弟，說是優秀航海家的族裔。」

「可是，他沒有喝酒的時候，比他瘦弱的老母狗還可憐。」

「小文，安洛米恩說妳很漂亮呢！」「漂亮」似乎是世上的女人最不會拒絕的話，達卡安心裡想著這句話，小文瞪著達卡安，嚥下魚肉後，說：

「你們的習俗，是不是在今天之後就可以潛水射魚、抓龍蝦？」

「嗯！」

「你還欠我龍蝦呢！」

「嗯！」達卡安道。

今天欠的菸酒錢，欠小文兩斤的龍蝦，對他不是一件困難的事，他坐在小文身邊，親切的看著她吃飛魚、浪人鰺，爾後問小文說：

「你願意騎車載我去紅頭部落嗎？」

「幹嘛？」

「送飛魚乾。」

「給誰？」

「老海人啊！」

小文在蘭嶼已經快四年了，這些食物她吃得還習慣，尤其特別喜歡吃地瓜，配著新鮮魚吃。天氣逐漸的炎熱，小文吃得面額都是汗，達卡安用衛生紙幫她擦掉臉部的汗水，小文很自然的讓他擦，畢竟這幾年來達卡安一直很關照她，讓她很安心的照顧她的pub，賺了小錢給在台灣的父親還債，而達卡安的單純與誠實更讓她有了久留蘭嶼的計畫。

十分鐘過後，他們來到了老海人洛馬比克的家，「這是誰的家？」

「你認識的老海人啊！」小文知道達卡安是個單純而善良的人，十分在意部落裡的邊緣人。老海人是達卡安的長輩，他的脊椎側彎之後就不再乘坐機動船，也不再出海捕飛魚，所以潛水抓章魚是老海人唯一的生存技能，且是他尊敬的前輩。小文好奇的問：

「達卡安，你認識的好朋友，怎麼都是不正常的人呢！」

「你怎麼知道你是正常的人呢！」達卡安反問小文。

「他們只是喝醉時，都喜歡坐在涼台上望海自言自語而已啦，只是安洛米恩說話像蚊子一樣小聲，老海人則是狂風駭浪似的咆哮滔天聲，但他們是部落裡最善良的人。」

「Marang, oya ko yazaw jimo a libangbang kano cilat.（叔叔，這是我今年漁獲贈送給你的飛魚與浪人鰺。）」

老海人正在製作夜間潛水射魚、抓龍蝦的漁具，他接收了達卡安給他的禮物，說聲謝謝後，繼續地做他的工作。

「Marang, yamiyan so dehdeh a yamangap so payi.（有漢人要買龍蝦！）」

「Manngo!（有意願嗎！）」

「Seiked mo yaken do tutuvuzan ta syu, si maseirem.（在我們潛水的老地方等我，入夜之後。）」老海人說話總是很短，也沒有客套話。

「小文，你不開店嗎？今夜。」達卡安問。

「今夜是你們傳統的節慶，我休假。」

入夜之後，小文對達卡安說：

「我在店裡等你們。」

兩個潛水燈在海裡梭巡龍蝦的鬚角，過去在學校的歲月，達卡安是零分先生，洛馬比克是資優生，過去無論如何他們像是陸地上的魚兒漫遊，沒有生涯的規劃，只想在海裡討生活，海洋是他們耕作的地方，是他們最自在的地方。小文來蘭嶼經營她的pub已經三年多了，她漸漸的進入達卡安認識的海洋世界，也理解達卡安的爲人，關心在海裡教育他的安洛米恩與洛馬比克。她理解，這個島嶼深愛潛水射魚的男人話不多，但是一喝酒起來談論水世界的種種，她似乎感受到海洋在這些人的腦海比女人更重要，她看見無數次達卡安從海抓魚上岸時的情緒，像是海平線露出曙光時，海天融合成一色，讓人困難拒絕他的誠實與無邪的眼神。

兩個潛水燈逐漸接近她的pub的海灘時，他倆已在海裡游了兩個小時，她孤自一人的坐在路邊的石頭上，看著兩個電光在海裡狩獵海鮮，這是她來蘭嶼第一次專注的看著當地人在

海裡夜潛，也想著達卡安在她生日那一天說的話「夜空的繁星是世上的媽媽給旅行的兒女永恆的項鍊」。

她非常喜歡這句話，雖然達卡安不會寫字，看不懂漢字，可是她內心裡明白這句話是他微醉時很自然說出來的，比她過去戀愛過的漢族男人寫過的百封情書，來得優美、眞情，她因而非常喜悅的牢記在心海。那天生日派對之後的夜晚，就在海邊她主動擁抱達卡安，但他卻說：

「我是浪子，我是……」而婉拒了她的擁抱。

今夜，她放自己的假，在自己的pub裡一人喝著Whisky等著她的朋友們抓龍蝦上岸，也等著微妙的希望。她回憶著，高中畢業時的六月份，父親鞋業工廠的周轉失敗，讓她失去了念實踐大學服裝設計系的願望，這個理想沒有實現，但她卻實現了跟單純的人做朋友的願望。人需要衣服包裝自己缺陷，服裝設計好像一直在這個基礎上作變換的，可是安洛米恩、達卡安、老海人最不需要服裝的設計，這些人不需要名牌的服飾，卻有坦誠的胸膛，她想著來蘭嶼原初的目的就是開自己喜愛的pub。

在這小島上做生意，賺旅客的錢，把心思投入在生意上，放在賺錢、存錢，給父親還債，忽略了時空環境給她沉思、給她清靜的場域，今夜，第一次給自己浪漫，放鬆緇緊的、防範他人入侵自己的身體與心房。在她的店裡許多來來回回的旅客，都投下追求她的情書，然而她眞情的需要父親可以再次的站起來作生意，父親生意的失敗，賣掉了三棟的房子，在她來蘭嶼前，父親只跟她說：「找個單純的人做朋友」，她理解父親的心意，此刻的夜空很讓她想像少女的浪漫情人，風，很涼快的吹來，她喝一口酒，想著自己的未來，在何方呢！微微的波浪裡有人爲她抓龍蝦，老海人與父親的年紀相仿，相異的成長環境隱匿著差異很大的價値觀。

小文開著pub裡最微弱的燈，黃色燈照著，達卡安叼根菸，說：

「老海人說，這些龍蝦是給妳的。」

pub的小黃燈十分微弱的照射在老海人、浪子仍在鹹濕的臉上，小文有些靦腆的說：

「Marang, ayoi.（叔叔，謝謝。）」

「這些都是達卡安抓的，我老了，動作也慢了，」三年以來，他們幾乎每天見面，可是老海人不曾正面看她，這是他倆第一次的對話，小文心中倍感溫馨，說：

「Marang，給你一杯Whisky。」

「我不喝威士忌，給達卡安。」

「給我台灣啤酒。」

洛馬比克看了小文一眼，看著達卡安喝威士忌，說：

「達卡安，海水退潮的時候，龍蝦躲在洞裡，知道嘛！」

「小文，謝謝你的酒。」

老海人，浪子，他們再次的回到海裡繼續抓賣給海鮮店的龍蝦。小文以爲此時可以單獨

的跟達卡安喝純純的酒，可以跟浪子述說心裡的話，她再次的目送兩個單純的好朋友潛入漆黑的水世界。

「達卡安，」小文叫道。

「什麼事？」

「我等你回來。」

「嗯！」

兩個燈兩個人，在海裡成長，鹹鹹的海水讓兩個人都習慣喝任何種類的酒精，在某個夜晚達卡安給她口述了老海人的生平，知道了老海人有個已爲人母親的女兒，這個事件的發生跟她的母親成長的劇情完全相似，這就是她很想跟達卡安說自己的生母是台中梨山的泰雅族，想說自己也有一半原住民血統的事。她的心事如天空的繁星數不清，她又盛了一杯威士忌，問自己，說：

「媽，你在哪裡啊！」

少女的眼淚像冰塊那樣容易被當下的攝溫融化，「媽，你在哪裡啊！」再次的問自己。淚水宛如微浪不停歇的在砂礫上宣洩，心臟繼續跳動的另一個主要願望就是尋找離棄她與妹妹十年的泰雅族生母，她哭泣，爲自己年少缺母愛的孤獨哭泣，她再次的盛一杯威士忌，舉著酒杯向著夜空說：「媽，我在蘭嶼！媽，我在蘭嶼！」想著「夜空的繁星是世上的媽媽給旅行的兒女永恆的項鍊」，仰望著夜空就像兒時在梨山的夜空下在母親的懷裡睡著了。

鹹鹹的海水從達卡安臉上滴落在小文極度需要親吻的臉龐，需要清純擁抱的肉體上，達卡安注視著喝酒很律己的小文，她橫臥在pub面海的沙礫上，搖一搖小文，說：

「小文……小文……」

「達卡安，達卡安……」小文拉著他的手說，「嗯！我在這裡。」

「達卡安……，我要去游泳。」

小文解開身上的衣服、內衣，說：

「達卡安……，背我去游泳。」

「有你在，海水好溫暖呢！」

「海水……」

「達卡安，我跟你說，我的媽媽是泰雅族，所以我的一半是原住民。」

達卡安在海裡站立的抱著小文，小文脫下達卡安的上衣、泳褲，說：

「我喜歡你的單純與誠實。」

達卡安像是岸上的小山羊一直望著很遙遠的海平線，問自己：「我在戀愛嗎？」

「有你在，海水好溫暖呢！」

「妳比海水溫暖，」達卡安想在心坎。

正在建造中的，我的第二艘拼板船。MaoPoPo／攝，夏曼．藍波安／提供

海

人

海人洛馬比克詢問葬儀社的人：「火葬多少錢？」

「最少，兩萬五千元啦。」那個人嚼著檳榔打量他回道。洛馬比克從口袋取出一張死亡證明書遞給葬儀社的那個人，那個人看了之後，心情愉悅的哼著〈心事誰人知〉，便開車載著海人往醫院的路上，在車上他自我介紹說：

「我叫阿亮。」

「喔！」

「那你呢？」

「叫我海人就可以了。」

「海人，」阿亮斜著頭思索了一回，又說，「你叫海人。」

「對，海人。」洛馬比克若有所思的看著紅燈說，阿亮繼續的問：「海什麼字的海？」

「就是海浪的海。」

「海人，你哪裡來的人？」

「海島。」

「什麼海島？」

「蘭嶼島。」

「唉——呀！你就直接說蘭嶼就好了嘛！還說什麼海島？」又說，「海人是什麼意思？」

「就是海裡的人，叫海人。」

阿亮像赤尾青竹絲①似的打量海人，發覺海人回道的話很短，很難滿足他喜愛對話的需求，而海人不太會哈啦的樣子，認為這個人是乾脆的人，或者什麼的好像是腦筋不正常的人，咬他一口跟他索求兩萬五的火葬費太少，而感到有些懊悔先前說的話太快，因此在途中阿亮盡可能的裝出熱忱，希望能夠多拗海人萬把塊的零用錢。

「海人，你的長相不像蘭嶼的人呢！」

「那蘭嶼人的長相怎麼樣呢？」

「嗯……」

阿亮望著外頭感覺跟海人的對話牛頭不對馬嘴，自討沒趣的往嘴裡塞了一粒檳榔，也就不再多說話了。進了醫院的地下室，把屍體從太平間抬上他堪稱豪華的車子出醫院後，阿亮

① 赤尾青竹絲是蘭嶼島上唯一有毒液的蛇。

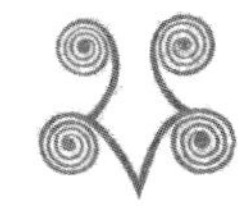

又問海人說：

「這個人是你的什麼人？」

「我哥哥的朋友。」

「那……你哥哥呢？」

「死了。」

「死了。那……這個死人沒有親人嗎？」

「有啊！」

「在哪裡？」

「在大陸。」

「在大陸！」

「對，在大陸。」

「大陸哪裡？」

「湖南長沙。」

「他是老兵嗎？」

「退休的老兵。」

「有孩子太太嗎？」

「不知道。」

「怎麼病死的？」

「喝醉死的。」

「爲什麼處理他的後事？」

「是我哥哥的朋友啊。」

阿亮再次的感受到海人說話很短，認爲海人不是很聰明就是很笨，不是很複雜就是極度單純的人，拗他的錢的那股邪念，或者拗死人的錢，似乎是他這類型的葬儀社業者慣有的伎倆，而阿亮過去也經常以他假慈悲的態度、近似敲詐的行爲，從喪家那兒騙得了不少的佣金。於是對於海人跟他說的話，「騙死人的錢，心臟會有毛病」，不僅令他毛骨悚然，也無意中說中了他有這個病，令他忐忑不安。阿亮想到自己過去二十多年前進入這個行業，習得敲詐喪家的弱點，使他很快的買了房子。「心臟會有毛病」，海人是隨便說一說的嗎？抑或是他拐騙喪家的因果呢？他想。阿亮此時感覺到心臟好像被捏似的感到痛苦，於是用右手掌搓一搓左胸的肉皮減輕疼痛，海人瞄了他一眼，爾後不屑的又往車外看。

「台東的秋天很多風沙，這是最不好的。」

「我知道，」海人說。

「你怎麼知道？」

「過去我是台東貨運助手的浪人。」

「噢！」阿亮想著海人是否混過幫派，但看著他憨厚的舉止似乎不像，想著「浪人」是

什麼意思，在心裡。浪人……日本電影裡的武士就是浪人，行俠仗義的浪人，有點像，這個人很乾脆。兩萬五千元，這個人肯定是不會要收據的，那麼一小時半之後，一萬五給公司一萬元就輕易的入袋。

「這個外省人叫什麼名字？」

「許柏南。」

「在蘭嶼做什麼？」

「賣早點。」

「噢！……抽菸嗎？」

「會要你的命。」

「台東的人不壞啦，海人。」

「我知道。」

「西部的人才是壞蛋。」

「我知道。」

「啊……你怎麼知道？」

「過去我也在嘉義市做過貨運的助手。」

「做什麼？」

「搬運黑松汽水到全省的經銷商，也搬水泥。」

「噢！那……全台灣你都跑過啦！」

「當然。」

「眞的，還是假的啊？」

「我像你會騙人就好了。」阿亮感覺被電得岔開話題，又說：

「快到火葬場了。」

「我知道。」

「火葬後錢就交給我。」

「我知道。」

阿亮跟火葬場的撿骨師說話，海人看了他們一眼便走出場外。許柏南其實生前喜愛幫助人家，是海人部落裡的好人，也是外省老兵心目中的好長官，畢竟是沙場老將，歷經無數的大小戰役，如東北四平街戰役最是他生平難以抹滅的記憶，目睹戰友在生與死的一線間掙扎，如此過去的經歷，回首的記憶痕跡，厭恨國共的鬥爭是洗不清的，而如他這樣不娶的孤獨老人，知道自己的少年時代莫名的被捲入自家漢人的戰爭，除了感到厭惡外，戰爭過後眞實的生活讓他體悟到隨遇而安的可貴，這是他在蘭嶼的那段日子，濟助部落裡不事生產的邊緣人，爲善不欲人知的可敬行爲。但有時候令他厭惡的是，閩南人凡事斤斤計較的狹隘性格，這個因素使得他很少跟閩南人接觸，或是喝酒、打麻將之類的。

說來也是很奇特的相遇，前兩天許柏南在路邊巧遇海人，就隨性的在街道邊簡易的攤販喝起小酒，一人兩瓶米酒不算多，說的話倒是像海浪一樣的說不完，而海人已經有三年多的時間沒有回家，他的親戚也不知道他在台灣的哪個地方工作，所以許柏南跟他說他哥哥的死訊的時候，海人才知道他敬愛的哥哥在前年早已往生了，方頓悟放逐自己的靈魂漂泊在自以爲是水世界裡的英雄，其實就是拋家的自私鬼。他頻頻的向許老敬酒賠個不是，許老也在此刻抓住機會好好教育放浪慣的海人，雖然他倆在蘭嶼只見過三四次的面，也只喝過兩次酒的經驗，但海人一開始就把許老當大哥看，由於這個機緣，讓海人深深的體會許老到對他哥哥的關照，對他與哥哥的恩情。於是希望在回蘭嶼之後不再離開蘭嶼，好好的照顧已八十好幾的許柏南。

當他們喝到第三瓶的米酒與維士比時，他說他不舒服，許老便央求海人送他去馬偕醫院看病，彼時剛過午後二時。進醫院的第二天早上，醫生跟他說了一些話，他便簽了「死亡證明書」，於是前天才知道了哥哥的死因與時間，彷彿冥冥中許老是給他報死訊，同時順便讓他處理自己的後事，這個好像是上帝的安排，畢竟海人與許老不嫺熟，但海人認定許老是個熱情腸子，是千萬個子彈打不死的老好人，正如他的啞巴哥哥一樣的善良。

海人坐在火葬場入口的樓梯上想著自己的過去，用手指算一算：他的母親死的時候，他在東沙群島開往高雄的船的海上；姊姊在台北死的時候，他在小蘭嶼的海裡爲他的姪子們過新年抓龍蝦；而他的外省姊夫死時，他在菲律賓巴丹島抓龍蝦；他聽到哥哥死亡的時間，算一算時間，他在綠島抓魚抓龍蝦，所以他沒有一次親自陪伴在親人身邊走過最後的人生旅程。許柏南跟他一點關係都沒有，這趟海人從屏東後壁湖港回來就是打算回家照顧他聾啞的唯一哥哥的，爲自己的靈魂挽回在部落人心目中一絲晚年的尊嚴，同時決定不再過海上漂泊的生活。甚至發願要照顧許老，哪裡知道不曾送走親人的他，卻無預兆的目送過去在沙場上的英雄許老的最後旅程。但願這是一件好事，他想。

「唉！你跟你哥哥一樣是好人，包包裡的十萬塊拿去辦我的後事。」這是許老跟他說的最後的話。

「海人，給你你朋友的骨灰。」阿亮熱情的說。沒有幾分鐘，一位穿黑衣的中年人走過來跟阿亮說了幾句話後，便直接帶著海人開車往加路蘭港的方向走。海人抱著許老的骨灰罈，還有那包用塑膠袋包了好幾層的十萬元，說：

「阿明，謝謝你。」

「幹嘛，說什麼謝謝！」接著又說，「開船送你回蘭嶼。」

「不給錢嗎？那個火葬費。」

「阿亮賭博欠我很多錢。」

「他是哪裡人？」

「綠島人。」阿明說。

此時黃昏後的加路蘭港塞滿了抓魚歸來的船隻，車子進港前的魚販市場，也引來了許

多習慣吃新鮮魚的台東人，吆喝聲的起落是海人熟悉的聲音，但他更渴望可以聽見哥哥的啞音，但願會寫漢字的信通知家人自己的住處就好了，他懊悔的這樣想著。許多漁人安靜的在自個兒的船上整理漁具，海人的影子忽然出現在這些討海人的眼前。

「幹，海人，你這幾年死到哪裡去了？」加路蘭港裡許多同他年紀相仿的船員思念他，說的親密的話。海人努力擠出笑容跟他們揮揮手，「海人喝酒啦！」他揮揮手然後跳上阿明的船上。

阿明不拖泥帶水的發動船的引擎，海人把許老的骨灰罈安放在駕駛艙裡，然後自動的解開船上的一些繩索。船隻駛離了港口後，阿明便對海人說：

「現在已經快要天黑了，我們先去我綠島的家喝酒，」又說，「他是你的什麼人？」

「我親哥哥的好朋友。」

「哥哥呢？」

「死了！」

「什麼時候？」

「我們在巴丹島抓魚抓龍蝦的那段時間。」

「兄弟，眞對不起。」

海人握緊船舵開船看看阿明說：「這是我的命運吧！」

「早知道就不稱呼你爲海人。」阿明不僅是個急性子的綠島人，同時也是個脾氣暴躁講義氣的人，只比洛馬比克大兩歲。

好久以前的某個夏天，洛馬比克背著極度簡單的行囊，行色匆匆的離開嘉義興川貨運公司，連夜坐計程車跑到台東加路蘭港，天空由灰暗漸漸轉爲灰白之際，年輕而微醉的阿明正在岸邊解開繩索準備與舅舅出海抓魚，彼時洛馬比克二話不說的忽然跳上阿明舅舅的船上，說：「我想幫你們抓魚，但不必給我錢。」已啓動馬達的船，以及潮水、水溫恰是延繩線釣丁挽（sawala）、黃鰭鮪魚的好時段，使得阿明的舅舅在船貸的壓力與丁挽、黃鰭鮪魚吃餌的時間等等的多重困難下，沒有多餘的時間與耐心盤問或拒絕洛馬比克上船後的請求，同時又急需人工的情況下，認爲接納是轉運的好兆頭。況且，洛馬比克此時已在船上，管他是什麼人，天掉下來的工人，就是媽祖娘娘給的禮物，是轉運的開始，船長如此的想像，而後三拜了駕駛艙內的佛像。

「快點啦，要出航啦！」陳船長口氣很大的，漁夫表面慣有的粗暴對阿明說。洛馬比克把行囊放在船頭的錨邊後，船已駛出港的口。他走向駕駛艙向陳船長簡單表明他的身分，說：

「我是蘭嶼人，叫洛馬比克。」

「唉呀！什麼媽的、馬的？就叫你海人啦！」陳船長張嘴詞短而高亢的說。

「來這兒坐啦，海人。」阿明接著說。

「謝謝。」

「你從哪裡來？」

「嘉義。」

「你在嘉義做什麼？」

「搬運水泥。」此時阿明發現海人的頭皮滿是水泥灰，接著又問：

「爲什麼坐計程車來台東？」

「一位工人罵我是番仔，就把他打傷，所以就來台東了。」

他們相互的自我介紹，在海上很快的就成了好朋友，海人這個名字就在那個時候莫名其妙的成了洛馬比克在海上，在加路蘭港，在綠島南寮漁港的名字，是年海人二十四歲，阿明二十六歲。

「阿明，船長呢？」

「在綠島等我們。」

海人轉著頭看著駕駛艙角落許老的骨灰罈，與他也只有幾面之緣，知道許老也有從大陸來的過去戰場上的老戰友，但是海人不知道他們在哪兒？其次，好像也沒有人知道許老生病的事，而且是個不曾生過病的硬人，一路上與八路軍打戰無數的老兵，對於在何處死亡這件事，如蘭嶼人一樣的觀念，讓靈魂選擇祂舒適的地方即可，況且許老生前也沒有要求海人什麼的，假如他不張揚的話，也沒有人會知道的。死了，海人爲許老的靈魂默禱。骨灰罈如何處理呢？

「阿明，這事件要如何處理？」

「死亡證明書拿給戶政事務所就可以啦！」

「我不知道他的戶籍在哪裡？骨灰怎麼辦呢？」

「這……」阿明思索了半晌，繼續往綠島的航道開去。海人看著老朋友的表情，好像也不知如何處理似的。

許老與他前幾天在路邊攤喝酒時，跟他敘述他哥哥過世那天發生的事：

「那一天的晨間，是乾燥而寒冷的天氣，原來你哥哥經常在天未亮之前，就來我的早餐店清掃店外的環境，他這個工作已經維持了四、五年，海人你知道這個事，而我也是孤家寡人，多一口飯碗吃不倒我的薪水，倒是你哥哥惦念著你很深，每當他微醉的時候，經常流淚說出你的名字，每天喝每天流淚，雖然是啞巴，但我聽久了，知道他念的、想的都是你。」

海人呀！海人呀！你何時停止漂泊？

「然後，那一天的下午，我去你家叫他下來吃飯。你哥哥躺在木板床上，他把你們傳統的男性服飾覆蓋在其胸膛，也就是他在每次你們有祭典時穿的衣服，說是你母親爲他編織的，他非常珍愛那件衣服，說是他唯一的財產。」海人擦去眼角多餘的眼水。

「我叫了很久，他一直沒有回應，原來他已沒有了呼吸，可是我並不知道你哥哥得了什麼病往生的，我請你小堂哥找你在台灣住的地方，然而，他不僅不知道，全部落的人也沒有

一個人知道你的落腳處。」

也許這是我的命吧！寫信，寫漢字的信比在駭浪的波風上標旗魚來得困難。信，父母親看不懂，也不信我會寫漢字，海人想著。

海人坐在船尾，面對逐漸遠離的台灣島，船尾螺旋快速轉動，螺旋推動中間海浪被隆起，旋既在兩邊構成凹凸的兩道溝的，船尾因而形成數條白色浪波及銀白的碎浪，只要機動船隻在海上行駛它就存在，就像太陽與月亮永不分離，此景勾勒海人既鮮明又模糊的過去記憶。

這條航道，蘭嶼、綠島、台東，然後台東、綠島、蘭嶼。這一生的關鍵就在這條海上的航道。船，是海人，蘭嶼人遠離蘭嶼唯一的工具，國小畢業那一年起，每當台灣來的船停泊在部落的海邊，父親便帶著海人上山幹活到天黑，船隻如果在海上過夜，他的父親就跟他說古老的故事，好使他忘記去台灣念書的事。

他這樣想著，如果當時不聽老爸的話，現在的他已將是教師退休的年紀了，也可能買了一艘船抓魚為業，也許生活過得不錯，也許膝下已有妻子兒女，也或許已當了祖父，也許……盡是對過去無可挽回的假設想像，恨自己空有「資優生」的封號，卻無膽對抗父母親的固執，選擇現代化的職業與生活，而念漢人的書要念到何時呢？說是要抓魚給他們，一兩個小時就是新鮮的魚上來，這是他父親的話，就是四十多年後的現在，他依然記憶清晰父親嚴厲的神情。如果當時不聽老爸的話，我會落魄到這個程度嗎？這像是航行中的船永遠找不到海平線的故鄉一樣，只是在追求一種好像明顯的願望卻感受不到一絲很實在的成就感。

船尾螺旋快速轉動，硬把海面切割成數條波動的白色浪波，海人往下看，想著波浪被轉動的雄壯氣勢，眼神順著一條白色的碎浪飄，約是一百公尺後浪沫恢復到海浪原初的律動，船過水無痕，船過水無痕，這條航道他已記不清航駛過了多少趟？他緩慢的回想。我的淚水，假如是我內心最眞的情感的話，其實，哪怕是一滴淚，屬於我民族的海神了解我的處境的淚水，是不是？海人看著船尾螺旋快速轉動的波浪說給自己聽。海平線上此時的光明度很快的黯淡了下來。他想念，試圖帶他去台灣念書的那位神父，最後神父雖然放棄了說服他的父親，但他仍然尊敬那位瑞士來的神父對他們這一輩達悟人的關懷。

過了那件事之後，他的父母親允許他去台灣做工賺錢，他和幾位同學，包括他的初戀情人在內，十六、七歲的青少年一行十多人從蘭嶼乘船到台東，被約雇到知本的山地種植生薑賺錢，但那個時候他卻選擇了貨運助手的苦力工作，說是賺錢比較多，來回於台東與西部，那時對啤酒的需求慾望勝過了念書的企圖心。一年後的漢族舊曆年的過年，當一行人相約再次同船回蘭嶼的時候，初戀情人已懷了別人的孩子。船尾螺旋快速轉動，形成一條白色浪波，兩道凹凸平行的波道，眼睛順著一條白色碎浪的末端，恢復成爲海浪原初的律動，他的心碎了，所有的希望也破滅了。

初戀人！初戀人！我的愛人。唉！少女的心像海浪一樣既親切又善變，既潔白又混濁，我一生唯一的愛人。白色的碎浪如今是回憶他這一生唯一戀人的目擊者，像月亮一樣不說話，像漲潮退潮一樣循環著對初戀情人的記憶，也隨著樹木的成長模糊了原初主人斧刻的記號[2]。

劉嵩／攝，夏曼・藍波安／提供

綠島南寮漁村微弱的燈火，一直是綠島漁夫們在海上時不滅的希望，說是妻子等待男人的眼睛，海人坐在阿明身邊，阿明專注的辨別那些燈火，在夜間乍看綠島宛如是一艘永恆無法靠岸的幽靈巨物，他遞了一罐啤酒給海人，說：

「這次你從哪裡來的？」

「屏東後壁湖港。」

「爲何幫別人不幫我？」

「欠你太多了。」

「什麼話。怎麼遇上許老的？」

「路邊，然後去喝酒。結果他就不舒服。」

「然後呢？」

「然後，在醫院的普通病房陪他一個晚上，第二天天亮後就死了。」

「什麼病？」

「不知道。好像是睡著的樣子。」

②達悟人在小樹樹幹刻上自己的記號，事先占有的符號，屬於自己的財產，符號模糊後假如樹木原初的主人不再刻上記號的話，沒有修養的族人會補上自己的記號，也占爲己有。

「怎麼辦那個骨灰罈？」海人問阿明。

「不知道！」許老的骨灰如他後半生一樣，經常是孤獨的，此刻承受新福號漁船靠港停泊後的寧靜，在船上上下浮沉的人生旅途，像一個沒有人祝賀彌月的男嬰，迷失在活人說的冥界，或是西天，或是天堂。下船前海人對許老的骨灰說：

「我會回來陪你睡最後一晚，也許把你送給海洋吧！海流將會帶你回大陸的，也許你就住在綠島。」

「抱上來，暫時放到我家的神壇下。」阿明說。

「噢！海人，你是去了哪裡啦！」陳船長坐在藤椅上有氣無力的說。

「船長、船長夫人你們好！」

「還知道來綠島，啊！」海人像棄嬰似的不敢回應陳船長的話。

夜，剛進來不久，海人此時像微浪一樣，只有呼吸聲，沒有說話的聲音，好似許多厚厚的烏雲同時降臨在他們的心海，不出海不知所措的窘境。

陳船長拉著海人坐在他身邊，抓住海人的手臂，久久不放也不說話，屋子似是烏雲瀰漫的氣氛，消失了漁夫們久未相見時喝酒吆喝的熱情，而陳媽媽的面容，其實並沒有比剛剛往生的許老的臉好看多少。

「你哭什麼？舅舅！」海人說，然後看看阿明。阿明像雲朵一樣，移開雙眼走出屋外。

海人預感屋內的氣氛如冷冽的東北季風飄來烏雲灑下豪雨似的。

「什麼事？舅舅！」海人接著又說。

陳船長抓了條毛巾擦掉淚水，捏住鼻子，擤一瓢的鼻涕在毛巾，淚水繼續沿著老漁夫臉上暗黑的紋溝，左手緊抓著海人的手臂，如颱風來臨前海平線上暗紅的雲朵一樣的眼珠看著海人，在阿明抽完一根菸進屋後，陳船長移動暗紅的眼珠看著爲他鋪了五十幾年床的妻子，又看看與他們一點血緣關係都沒有的海人，船長夫人拿了一張椅子給阿明坐，陳船長左手依然緊抓著海人的手臂，右手又擤一瓢的鼻涕，說：

「海人，我的獨子阿輝，你海上的摯友，」船長放低聲音，露出爲人父的慈祥語氣，看著妻子，擦掉淚水繼續的說，

「阿輝當兵完後，就是阿明貸款他現在的船的那一年，他去跟一艘七百八十噸高雄籍的遠洋鮪釣船，說是在那裡當遠洋船大副賺的錢比較多，說是做六年可以賣掉我的舊船換新船，這是阿輝對我承諾的計畫，已經五年多了，確實給我存了一筆錢。」

「海人，你叫我怎麼辦啊！」陳船長抽泣噎淚的表情好似在船上就要斷氣前膚色變化多樣的鬼頭刀魚，且不斷的疾速顫抖。

「阿……輝……死了！……死了，我的獨子……」

「阿……輝……死了！……死了，我的獨子……」阿明與海人同時初次聽到這個噩耗，他們忽然錯愕得不知所措，他們在海上數年延繩釣的生活，三、四公尺的駭浪，黑夜裡漲潮

時的疾風暴雨經歷無數，未曾擊退他們生爲討海人的命格。除了討海人的母親、妻子、家人理解他們如流動海浪的性情外，他們形成特殊的海浪生活圈，討論海洋的喜怒無常，對喜愛吃海鮮的人群而言，只知道風平浪靜時湛藍海洋，陶醉在碧海藍天的浪漫想像，卻永遠無法體會在疾風暴雨，駭浪的險惡掐住討海人心喉，在波峰與波谷裁決生與死的驚恐樣。此刻陳船長被擊倒了，除了凝視眼前的彌勒佛像、家族祭壇外，再也沒有動力移動身子了，像一尾老邁的鬼頭刀魚被藍鯨追逐千海浬後疲倦的漂浮在海面甩甩V形尾翼的樣子，期待生命活力再現的奇蹟。

有一年的冬末，阿明與海人、阿輝和父親四個人，從南寮漁港出發前往巴丹群島最北的依巴亞特島（Itbayat）抓龍蝦。陳船長的經驗，理解大陸冷氣團在四天後侵襲台灣，對討海人生計的影響很大。但流動在體內的「浪人性格」以及抓住龍蝦出巢產卵的時期，把握最佳時段是他們討海過程中發橫財的契機。當然，阿明與阿輝是因爲海人的關係，才非正式的學習幫浦風管潛水的技能，從潛水的科學知識而言，是不合格的。但賺錢的企圖心與討海人的特質，科學的潛海知識似乎不管用。阿明不單學習這種潛水的技能，而且從海人身上也學習到了在海底世界「心平氣和」的優點，讓他暴躁的脾氣，急功近利的綠島人的普遍性格多少改了許多，讓他體會到生活意義的廣度與深度。當他們幾次的龍蝦豐收，喝酒慶祝時，阿明常掛在嘴邊的話，對海人說：

「海底潛水讓我看見了海底的美麗，同時也體會到你在海底是眞實的你，當然也看見了自己在海底水世界的渺小。」海人始終以淺淺的笑容回應阿明的熱情，可是阿輝卻沒有阿明會思考、會想像，或是浪漫的情懷，倒是要賺更多的錢，賺更多的錢一直是阿輝討海過程中重要的人生目的。

有時候，海人的特殊氣質使阿明經過海底的潛水時才眞實的體悟到他的沉著與藍色的憂鬱，或者說是蘭嶼人敬畏海神的靈觀信仰比綠島人深沉許多，所以當他們在依巴亞特島抓龍蝦時，海人與他們作伴，很讓阿明心平氣和，心安很多。阿明從那時起，討海人在海上命運的不確定性，除了自己的一貫道信仰外，卻也莫名羨慕海人，或是達悟人的泛靈信仰吧。海人曾經跟他敘述過，說：

「我們達悟人在出生後十來天左右，孩子的父親必須從冷泉舀取幾滴命名的聖水，說是從地底冒出來的淨水，在新生嬰兒的頭顱上像心臟一直在跳動的囟門上滴一滴淨水，意義說是，祈願嬰兒如淨水般的血液，淨水般的靈魂，如島嶼般堅強的靈魂陪伴平安的成長等等的。」雖然是不同的民族，可是他卻在一瞬間牢記，直到現在也不會忘記，深深影響他的信仰。因此當他每次獨自一人出海延繩拖釣時，經常以「淨水般的靈魂、島嶼般堅強的靈魂」來祝福自己，這是他珍惜與海人間的友誼的原因。海人在那個時候，也俏皮的跟他說過「上帝很多不只一個」的話。

討海人難於形容的敏感，使得他們配合著陳船長過去的經驗躲過菲律賓的緝私船，在

入夜後的漲潮時段，在依巴亞特島面向東邊的小海灣抓龍蝦。海人、阿明、阿輝下海潛水，陳船長則跟隨潛水的燈明移動船隻，同時觀察緝私船的出現，一小時半之後，他們總共抓了一百五十斤左右，因而很快樂的返航。龍蝦多錢就多，快樂也一樣的多，野生龍蝦除了價格的差異外，他們也往往留下十斤左右喝酒犒賞自己，同時也是海人傳授潛水知識給阿明阿輝的機會。

當他們駛過北緯二十度點八五，東經一二一度點九五的時候，他們開始感受到一陣陣強勁寒冷的風吹自北方，夜黑風強雲低正是強勁東北季風的逼近，海人勸說陳船長航向小蘭嶼避風浪，可是陳船長的固執與傲慢視海人的話如兒語，讓船隻向北直駛綠島的方向，這個航道船長不可能會迷航的，海人知道這一點，也信任他。但是重點不在此，而是避開五到六級左右的風浪，尤其只是十來噸的破舊漁船，硬衝迎風浪頭絕對是錯誤的選擇與冒生命危險的。陳船長的固執與傲慢，讓海人感到無奈萬分，海浪的不確定性不是以蠻力對抗的，這也是海人偶爾離開他們的因素之一，此時小琉球阿雄船長駕船的神情浮現在海人的心海，是個被海洋彩繪的眼珠與人生，是海人心中海上與水世界的達人。

果然不出他們所料，東北季風的風越過了中央山脈之後，便疾速橫掃太平洋海面掀風造浪，而新福號也正從南邊的北巴丹海域駛向北方，因而加快了兩方相遇的時間。關於這一點，陳船長的如意算盤，是計算東北季風下來以及他們返航的時間，從收音機的氣象報告估算的話，認為在他們距離綠島約是二到三小時的航程時，才會碰上東北季風的。誰知道，風沒有計畫提前來，他們卻被豐富的龍蝦延遲了三個小時的回航時間，其次破舊的漁船沒有氣象傳眞的先進儀器，觀測氣候的螢幕。所以，此時他們的海上經驗，實際上，往往是輸給天宇自然變換無常的特質。海人說是，像鱸鰻低等惡靈剷除不滅的壞習慣。

有時候海人無意中說出達悟人的靈觀信仰，開始時，陳船長、阿明皆不以爲然，但他們從事海事的工作已數十年，理解海洋的不確定性，但他們在遇上暴風駭浪時，只單純的唸道「菩薩保佑」、「菩薩保佑」等等的，而不會像海人說什麼「低等、高等惡靈」、「天神」之類的哲理。況且，海人從未出現過在海上的恐懼樣，此不同民族的信仰，確實不可以依自己信仰而貶抑他人，海人的話語。彼時，陳船長有些懊悔他的傲慢先前沒聽海人的忠告，而海人也始終以寬恕的眼神回報，好像與海人同船遇上暴風時沒有「海難」的預兆似的。

在兩個小時後，厚厚的烏雲很迅速的封住了天空優雅的夜色，烏雲低空凌飛煞是惡靈的疾速飛盤，也封住了獵戶星座③。飛盤掀起駭浪，激起急流，縮短波峰間的間隔，也拉高了波峰的坡度，挾著強震風暴，雷電暴雨，瞬間的雷電等等的，降臨在無人的，多了惡靈詛咒與少了上帝祝福的汪洋上，是黑天與暗海的角力戰爭，人與船此刻是多餘的產物，被天神

③達悟人說是「一直在航海的三兄弟」。

詛咒的魂，或是被海神祝福的見證者，或是最終倖存的討海人向陸地人偶爾在飯後聊表敘述的，以及討海人之間交換經驗的故事劇情。陳船長十來噸的破船舊引擎在回家航道上開始面對千萬波濤的挑戰，無法逃避掉的障礙，像棄嬰似的失去天神關愛的眼珠，四人同舟認眞的聽引擎聲，此時的引擎聲比心臟的跳動來得重要。黑天與暗海的戰爭，人在其中是無辜的犧牲者，船隻深陷在烏雲內如瀝青柏油般的漆黑，每波「咻——咻——」的陣風，好似天神無情的喪鐘，每陣吹一次好像就要把他們的舌頭掏出來，而船隻蕩在波峰或是波谷，每每也像是惡靈招手戲弄舌眼，戲弄討海人的幽暗布幕。駕駛艙內六十瓦的燈泡，直接反映破舊引擎轉動的電，營養不良的黃燈，彼時像是海中最爲孤苦無依的螢火蟲，彼時他們四人像是印度孟買市裡一位眼珠泛黃的乞討男孩在人海茫茫中坐在地上乞求施捨的無助樣，阿輝站在父親身邊緊握著船舵，風勢與海浪的鼻息淹沒了陳船長的傲慢，加速了阿輝的成熟，他看著指北針，針頭一會指向三百五十度，一會飄到三十度，船隻左右的傾斜經常到四十五度，船首頂浪起落的幅度，開始考驗著他們腰部以下的實力，讓他們四人八粒的睪丸畏縮到鼠蹊部內，只剩皺皮在祈禱。陳船長看著眼前的佛像不由自主的默唸佛語禱詞，然後把船隻行駛的級數降到最低，減弱船首直接被駭浪撞擊的噸數，數不清的駭浪暴雨不斷的打擊船身，四個人無助的眼神極度渴望友船傳來安慰的無線電話，就像病危的病人也渴望醫生對他說謊，只要半句也行。陳船長因而把對講機開到最高點，他口齒不清的、不斷的默唸佛語禱詞，菩薩保佑……菩薩保佑……他是極度渴望有個答案。駭浪、烏雲、暴雨、雷電如幽靈般的揮之不去，從船首船尾灌進船身的波浪碎沫纏亂了所有的漁具魚線，並推擠到駕駛艙邊的走道，而他們的驚恐樣已超越了極限，對於海神復歸於誠實的謙虛是唯一的希望。幸運的是，船身與風暴駭浪抗爭的方向成一直線，讓他們不偏離向北航行的經度，只是在頂浪迎風的過程中，船隻彷彿就要解體的感覺。每一陣的強風惡浪，船隻就淹沒在黑夜裡的風聲海霧，黑夜裡的風聲煞是小惡靈的歡樂聲，海霧以及駭浪每每就是討海人最恐懼的，在海人的記憶裡，這種令人害怕的景象就像是他父親說的，船隻就像在惡靈的手掌上，隨時進入祂張口時深淵隧道，死亡就是答案。船艙內的引擎尙可保持機械的穩定性，數不清的波濤，掐住人心的風聲海霧，烏雲低空凌飛就在船頂的避雷針上，豪雨瀑下讓他們濕透了全身，尤其是沒有穿潛水防寒衣的船長，猛吃檳榔袪寒。此時，他們三人發現海人不時的在船首船尾工作，把延繩線使用的浮標繫緊，封緊魚艙蓋，船身只有駕駛艙內有燈，海人完全依賴自己的判斷工作，緩慢的速度尙可減弱浪頭宣洩在船首的重力，海人就在浪頭下抱住拴住錨繩的柱子，船長嘶喊喉頭：

「危險，不要去啦！危險，不要去啦！」可是，海人只聽見浪頭宣洩打在他身上的海聲，然後不一回兒又出現在駕駛艙內。

「繩索被拋入海上，被螺旋槳吸住的話，我們回家的希望就沒啦！」海人吃檳榔說。此時，船長眞是百思不解海人爲何如此的爲他們賣命？海人幾乎也不要求薪水，他是爲了什麼？陳船長不僅被海人感動，也認定他在此刻海上風暴的堅定表現遠勝於他們綠島人，海人平時的沉默也許是這類型的達悟人的修養罷，他如此的推想。爲何如此的爲他們賣命？思考

這一點在腦海，讓他忘記了風暴駭浪的恐怖。

彼時過了兩個小時的航程，海人與阿明請求船長與阿輝到船艙內讓他們父子的疲勞休息，船長的傲慢此時散發出嬰兒即將睡著前的溫柔樣，聽了海人的話。也許是命吧，就在阿明握住舵槳的那一剎那，也就是船長進艙內前，船隻突然瞬間的盪下波谷，也許是命吧，陳船長再次的脫口說，「海人，斷了，我的腳。」海人低頭折腰看著他，也許是命吧，他也這樣的想。阿明專心駕船，海人與阿輝努力的把船長忽然斷裂的左小腿以破布包緊，幸運的是，骨頭在皮肉內斷裂，船長無膽撕裂喉頭慘叫，只皺縮著航海的臉，瞇著眼睛雙手抱小腿忍痛。事後阿輝察看，原來其父親下來時的木梯破舊而斷裂，從那時阿輝醞釀了買新船的心願。想著自己的成長是父親討海換來的，日後也希望以新船討海來回饋養育他逐漸老邁的雙親，這是阿輝上遠洋船的主要目的。然而，討海人的命運，本質上原來就是最不確定的，依天賴海的行業，加上以賺錢爲主要目的，當然Pina Langalangaw（仙女）④就不祝福他，因而惡靈也就縮短了他在人世間的時間。海人如此依達悟人的思維邏輯推論。

兩人抱著陳船長，像海豚家族似的低聲發出「嗯」的哽泣聲。「嗯……」但願阿輝能聽得見。船長夫人孤立的坐在面海的沙發上緊閉嘴角，想著來自海上無法接受的風暴，風暴煞是沒法子停歇似的，想著沒有風平浪靜是何等難熬的歲月，淚水不可能喚醒失去血脈流動的肉體，喚不回獨子的英靈，銀白的淚水是思兒念子，親生骨肉不滅的情愫。此刻逝去獨子的事實，對著家族的牌位、神壇，雙掌合閉祈求神明庇祐，船長夫人的口液順著嘴角滴落，濕透了左胸上的衣布。

「我不信，我不相信，但願是假的……」

「我不信，我不相信，但願是假的……」

「媽，我再次的進港時，就是我回台灣的時候了，媽，你要保重喔！」這是兒子去年從巴拿馬打來的電話，也是最後的一通。

「媽祖娘娘！媽祖娘娘！你怎麼可以這樣！你怎麼可以這樣……」一股念子的深情如核子疾速的在其體內的血脈噴竄，急欲覓個海底祕道咆哮傳思念給兒子的英靈聽，也好似一頭終生不息墾耕的母牛脫去犁田繩索的桎梏狂奔，狂奔……，最終暈眩倒地，無法承受這是事實。

「叫你不要去！叫你不要去！媽媽不是跟你說了嗎？說了嗎？……」船長夫人痛苦的慘叫，遠勝於她的男人從菲律賓回航時的驚嚇樣。

---

④達悟人的天神 si mina Zapaw 的左右護法，一位是掌控生物多元、食物之神的 si Omima；一位是掌控人口之神的 si Manma，祂底下善良之神稱 Pina Langalangaw，天神心愛的孫女，達悟人從出生剎那起仙女就陪他（她）成長。所以，人在正常的狀態下死亡，就稱是仙女決定掌控人的生死，但猝死者就歸類爲他（她）靈魂的 ngilin（命運），是被仙女的部屬惡靈提早收回靈魂的。因此，猝死者之魂往往不是被仙女祝福的對象，而是被惡靈收回，就稱「孤魂野鬼」。

「陳媽媽，」海人喊道。

「別這樣！別這樣！」陳船長趴在夫人耳邊的說。

此景看在海人眼裡，想在心裡，以爲比親生母親的往生更能感動他漂泊的心房，此時，他漂泊累了，好想回家。

鄰居們，村裡的漁夫們，男男女女帶著嘴巴，暗黑著臉走向陳家。女人圈裡有許多是漁夫們在陸地上遺留的親人。討海人的宿命，此時輪到陳家。女人，女人，討海人的女人，或媽媽們最是理解陳媽媽此刻的悲慟，於是客廳裡擠滿了慰問陳家的村人。然而，這種劇情其實在綠島的三個村落，都不定期的在「靠海維生」的討海人家裡輪迴，於是改行或是轉型到與海洋相關的觀光產業，逐漸成爲了綠島人追求海事事業的新形貌。但轉行不是阿輝的願望，船隻在汪洋破浪的快感才是他生命裡追求的。

寧靜的夜色，繁星點點，海人離開悲涼瀰漫的陳家，獨自走向南寮漁港的防波堤上，秋天的海風在南寮漁港少了人與海眞情情愫傳遞的氣氛，在他耳邊傳遞著漁夫間討海的歌聲「賺多少」、「賺多少」，此刻宛如是他靈魂先前的肉體[5]的一把如曲折礁岩[6]的匕首雙刃，不疾不徐剉入他的心脈，令他心痛不已。好想回家，想在心頭裡。

防波堤上，海人遙望綠島的東南方，他出生的島嶼，想著，我怎麼會在這兒？二十多年與綠島人，與加路蘭港的漁夫們的生涯，爸媽從中年到老邁的時光，與他們生活的記憶幾乎像是空白，就是啞巴老哥也沒有給自己機會照顧他，相反的，他卻對綠島漁夫們的家人關照

劉嵩／攝，夏曼．藍波安／提供

無限付出許多。我，我……忽然的剎那，想到「自己」的來時路與未來回家的路，生存的謀生技能。想著許老給他的十萬元，送給他們，還是留著自己零用呢？

海洋的風，來自南方，這是 avalat（西南季風），秋天難得的氣象。西南季風有許多許多的記憶，這是像他這個年紀的蘭嶼人最想念的，最多回憶的季節。

「爸媽，最親密的，也是愈來愈模糊的臉。想到陳船長，想到爸爸，陳媽媽想到媽媽，望著星空，獵戶星座依舊在那兒，淡淡的灰色的雲朵飄向北方，時而遮住時而撥開夜間的月光，這一切像波浪似的都已經成爲追憶，船過水有記憶，好想好想回家……。家，想到家，海人感受到很累很累，家已經二十幾年沒有女人生柴煮地瓜的地方⑦，家，只剩我一個人的家。好想好想回家……」眼淚是他現在安慰自己唯一的親人。

「爸媽，爲何不等我回家！爲何不等我回家？」

「但願回到沒有機動船的時代，回到原始的社會就沒有離散，就沒有貨幣的交易，沒有貸款的壓榨，沒有濫捕魚類的事件啊，也就沒有自己實現漂泊的願望，但願回到我媽媽的島嶼，媽媽的原始生活，只有原初的交易。」

海人在防波堤上大口大口喝一罐又一罐的啤酒。酒，腸胃已習慣這種飲料三十幾年了，腦海也習慣了喝醉忘記家的往事，一罐又一罐的啤酒，是海人抹滅自己的回憶的方式。

「仙女啊！仙女啊！爲何把我的命格推上海上，推上海上，推上海上啊……」漁港裡的討海人，早已習慣了海人酒醉時躺在堤防上的大聲叫囂，而前來好意勸海人別喝醉的人，往往被海人痛扁，於是就任他醉酒，任他醉酒，等他次日再次清醒，海人善良性格將會再次的展現原初的熱情，南寮的漁夫們也是經常如此的表現，好像是這些討海人的海洋習性。這種醉人的酒，說是討海人彼此共勉的習性，也是彼此祝福的良方，在陸地上說話的對象。

「誰，是誰了解我？」海人再次的撕開喉結吶喊，割裂了小漁村寧靜而憂鬱的夜色，就像東北風、西南風帶來雲的變化一樣，大家都已習慣了海人，說是討厭倒不如說是寬恕了海人醉酒後暴怒的海心。

「阿明！阿明！你了解我嗎？了解我嗎？……」西南風的浪拍擊著漁港的防波堤，鹹鹹的浪波梢沫飄來的海風，弄濕了海人在海上長期被太陽曬黃的髮絲，臉也抹上了鹹鹹的水分，思念父母親、思念哥哥的強烈情愫，如浪轉到港口入港後，海浪原初的脾氣變得平靜溫馴了，隨著他的醉酒模糊了起來。哥哥在家裡醉死，也許希望海人在他身邊吧！今天從許老聽到這個消息，他才恍然覺悟自以爲浪漫的漂泊生活，目的原來是報復爸爸不讓他來台灣念

---

⑤指海人的亡父。

⑥指刀刃的缺口無數，達悟人的惡靈最懼怕生鏽的刀鋒。

⑦沒有女人生柴煮地瓜的地方，就是冷清的家，取乾柴是達悟男人的工作，燒柴生煙是女人的工作，加起來就是家屋人氣的旺盛。因此，家屋沒有燒柴生煙就是家屋沒有女人了。

書的，最後卻在海上漂泊全忘了親人的存在。許老，許老只知道是大陸來，盛年歲月奉獻給國民黨打共產黨的戰爭，最後落得只有海人一人爲他送終，戰爭、討海的命格沒有對與錯的選擇，是一個一生被命運捉弄的職業。阿輝如此，他與阿明一樣。他們小學都是班上的班長，第一名的成績，卻被海神召喚在海上念書，體驗討海人在海上波蕩的藍色生活，最後卻有可能落到不習慣陸地的生活節奏。就在雞鳴的時候，阿明像往日一樣背著海人上他的船，這種醉酒的結果，在他們身上輪迴的展演，這回輪到阿明在廣闊而顛簸的汪洋照顧海人，載海人回他原來出生的島嶼的家。

阿明駕著船駛出港外，開往蘭嶼的方位。無論是他或是海人，他們都在兩個小島間的汪洋醉過醒過，阿明看著躺著的海人，如今他倆已是四十好幾的孤家男人，家屋都是沒有燒柴生煙的女主人，沒有煙火的家肯定沒有人會來拜訪，偶爾會有醉酒的人伸頭頸望酒醉躺著的海人，或是阿明。雞鳴，已經不是啓程航海的鐘擺，說是港口衆多的燈光業已困擾了雞冠的判斷力，月亮與潮汐的變換才是討海人最重要的生活知識與鐘擺。阿明駛出港外後，港內也陸續開動了討海的機械聲，剩下來的機動船是陳家的親戚，還有陳船長已破舊的漁船，也許是不再出航的船了。阿明想著與海人快三十年的友誼，能擁有這艘船，海人的功勞一半，細想咀嚼來回海路，竟然像是昨日的黎明。

海人醉醒舀了一瓢海水洗臉，看著眼前的蘭嶼，醉醒後的他已經忘了昨夜說的話，或者知道也是不會重複，就像人死後不會像耶穌會復活，於是阿明從不重複海人昨日醉酒的話語或是欠揍的可惡樣子。

「就在這兒，阿明。」海人請求阿明把船開慢，把許老的骨灰罈用紅色布條慢慢的放入汪洋大海中，說，「許老，海流會帶你回大陸，kak mamo ayayipasalaw so pahad.（願你的靈魂如燕子般的善良。）」

海人不回頭望一望，他只是靜靜的往前看著面貌逐漸清晰的蘭嶼，驀然回首，往事已矣，阿明似乎明瞭海人心中想的事，盡在無言中把海人載到他部落前的小海灣，他們如往日的誓約分手前各喝六罐啤酒，讓海人在那兒跳下海潛水，表示未曾離開他的島嶼。跳下海的水花，海人浮出海面舉起漁槍柄，阿明知道此舉是「再見」的意思，阿明加速引擎船尾龍捲的浪沫也是他們再次見面的信息。然而，海人這趟抓魚回家是給自己吃，他的家，此時已經沒有親人迎接他的靈魂回來的家。水花消失了，海人在海底潛水已經聽不見阿明的船的引擎聲，阿明再把海人的身分證看一看，而後放進船的出海證裡，從他們認識的那一刻起，海人從海上上船也從海上下船，阿明就把它隱藏在他的船上，海人不需要身分證向海防港務官員登記。

海人把潛水射到的魚曬在屋院，給部落的人知道自己已回家的記號，也是給家屋靈魂回到家的儀式，他這樣回想自己民族的傳統信仰。在微明的月光下部落的人在涼台休息流傳著「洛馬比克終於回家了……」的消息，「其實，回不回來已不重要，在這個時候。」午夜的凌晨，半邊月隱沒後，海人八十來歲的大堂哥，蹲坐在洛馬比克破舊的涼台上觀看海人的漁獲，哼著古老的曲調：

高傲的⑧我兄弟的腸胃⑨
縱然你回家了
你只是一隻蝴蝶⑩
高傲的　我兄弟的腸胃
爲何讓我殘弱的靈魂爲你哭泣
讓腸胃的兄長爲你背負失去親人的傷悲

老人孤自哼著古詞、古老的旋律來消磨漫長的夜色，他不斷的回憶哼唱海人的父親傳授給他的古老歌詞，在平靜的深夜裡歌聲像是沿著山中曲折的乾河床，久久之後在谷底回響，悲涼的喉聲隨風柔和的溜進海人的耳膜，海人冷藏的情感此時如是朝向微明的夜色漸漸的溶化，他緩緩起身坐在大堂哥身邊，左手擦拭鼻梁間的眼屎，以及眼角的淚，傾聽大堂哥繼續的哼著古老的旋律、古老的歌詞，把背依靠在牆壁仰望滿是星光的天宇，海人看著老人暗黑浮刻出航海家的臉，說：

「Kaka kong.（哥哥，你好。）」

「Wari cyong.（弟弟，你好。）」

航海老人的嘴停止了歌聲，海人卻不知如何以對，彷彿昨日以前海人在海上二十幾年的遊蕩歲月，只是碎泡浪沫，是船過水無痕的故事。如何啓口呢！寬恕我吧，哥哥，他說在心裡。

二堂哥、三堂哥、四堂哥、隔壁家的小堂哥都在天未亮之前前來探望失落多年的小堂弟，坐滿了海人的父親生前做的小涼台，老人們齊聲哼著古詞、古老的旋律，歌聲塡滿了他們思念海人的父親生前掌舵領導他們無數次的航海划船小蘭嶼的記憶，洛馬比克聽在耳裡，腦海裡父親生前英勇的航海臉譜，像夜色漸漸的清晰，哥哥們合唱的歌聲敘述著他們在海上的英姿，也隱含著對他的思念，也是挽回他浪跡漂泊的心。

---

⑧洛馬比克是「往上爬」之意，就是「高傲」。
⑨腸胃連結起來，意指兄弟，血親關係。
⑩蝴蝶，指幽魂，達悟人說是魔鬼的靈魂。

劉嵩／攝，夏曼．藍波安／提供

老海人洛馬比克

一

也許，他也認爲如此，當他兒時去台灣念書的夢想，想要成爲這個未開化之島的知識分子的夢，這一生他最渴望實現的理想被頑固的父親粉碎後，十五歲的他，心情像是在大島與小島之間的西太平洋嚴重的晃蕩，何處是前程？那股前途茫茫的憂心，讓他第一次感受到選擇芋頭與米飯的困難。他靜靜的想著，未開化之島的未來會是什麼？還有自己的明天會是什麼？在每天的傍晚，他沒有鞋子穿的腳，由部落灘頭的左邊走向右邊的小海灣，累積對台灣的想像，撿一些美麗的貝殼，小小年紀的他，沒有能力找到比較清晰的答案，芋頭與米飯哪種食物好呢？在那段時間他每天撿貝殼，也幻想撿一個想要的夢。他想，假如他的理想可以實現的話，那些天然美麗的貝殼就送給台灣的新朋友，作爲初次見面的禮物。

渴望成爲知識分子，是這個未開化小島的孩子們都有的，小時候集體共有的夢，也是很難實現的夢想，就算他部落已有四位去了台灣念初中，但他知道那些人並不是這個部落最優秀的，或是最聰明的人，他想，也許他們的命比較好吧！但是他們在他心中是沒有鬥志的，沒有志氣的人，他們是因爲家裡兄弟姊妹多，吃的地瓜、芋頭構成他們的父母親很大的勞力負擔，所以同意孩子被外國神父帶走去台灣念書的。而他家族，從日本民俗學家在一八九七年首度在這個被海洋封閉的島嶼登岸之後，就是非常排外的家族。在日本殖民時期，比他大三十幾歲的堂哥夏本．馬內灣①，這個小島第一代接受日本教育的人，第一個被日本人想要帶到台北念書的，也被家人阻擋。反對的理由，說，離開這個島嶼，靈魂立刻成爲幽魂，死後的魂也將很難回到「白色之島」②。他知道，他的堂哥夏本．馬內灣是怕靈魂回不來才沒去成的，但他不相信這種未經證實的說法。即使他認爲這是迷信，但他的父親認爲這是達悟人的信仰，不可違背。

從學校畢業的那一天起，只要天氣良好，肉眼可以目視到台灣的恆春半島，他就在沙灘上望著台灣，繼續的構築當知識分子的夢，祈禱白色之島的祖靈改變他父親阻止他去台灣的信念。他每走一趟，便呢喃自語的說：

祖靈們！祖靈們！同情我，你們膝蓋的族裔孫子③，我很可憐不能去台灣念書，可憐我！可憐我！

---

①「夏本」在達悟的意義是，已經爲人祖父母，以長孫子、長孫女爲名，所以馬內灣是長孫的名字，意思是航海家。

②白色之島，如西方宗教的天堂的意義。

當老師是他可以勝任的工作，他想，花幾年的時間在台灣念漢人的書，回來不僅可以用米飯養活父母親，又可以認眞的教書，培育下一代的孩子，讓這個未開化的小島多一些知識分子，就會增加被尊重的重量，以及對抗漢人的力量，這是神父，也是0297跟他說過的話，這個記憶就像羅漢松④的幼苗已生根成長在礁岩上一樣的堅決。可悲的是，他的父親也堅持拒絕吃台灣來的米飯與麵粉。

但是他這樣的夢想，也湊巧的被自然力的暴風駭浪阻擋，讓他錯失了和神父坐船偷渡到台灣的機會，彷彿自然力的嚇阻是隔壁家的巫婆對他的聰明下的咒語似的。就算那一次的颱風過境了之後，海浪並沒有因此而平靜，接踵而至的是強勁的西南氣流，風勢的強勁，駭浪的凶猛不亞於輕度的颱風，這樣的西南氣旋帶來很重的鹽度，一吹就是一個半月，吹得整個島嶼南面的生態植物呈現枯黃的景色，菅芒草、茅草、地瓜葉、芋頭莖無一倖免，讓島上的達悟人感受到西南氣流的無情，對洛馬比克而言更是無情。像這樣的景致，在每年秋初來臨時的夕陽，從海上的貨輪望著島嶼面貌，是安逸的、平靜的，但更多的是憂鬱與荒涼的感觸，完全淹沒了飛魚季節時，人們與島嶼融化合一呈現的熱情，氣象變換的落差大，讓達悟人明白生命的不確定性，更何況孩子去了台灣如似沒有槳的船舟，沒有了音訊，讓小島的親人放心不下。此時洛馬比克的心境好似秋初的夕陽餘暉，雖然美麗卻沒有活力，任自然的氣象支配，命中注定沒有當知識分子的命。

那年的夏季，凶猛的駭浪讓部落的男人無法出海，也無法潛水抓魚，一切的海事工作被逼停止，汪洋上只有浪花在起舞，不見任何船隻揚帆，即使柔和的夕陽染紅整個依姆洛庫部落面海的汪洋，可是洶湧的波濤似乎在對達悟的男人宣告，不可出海叨擾海裡魚類的感覺。他的父親就在這個時候，爲了防堵神父與兒子坐船偷渡到台灣，便天天帶他上山伐木，訓練他使用鐵製的斧頭砍樹，訓練他使用斧頭的技巧，訓練他認識與造船建屋直接有關係的民俗植物的名字，與使用的意義。他希望洛馬比克學習人在自然環境生活的優雅與悠閒，而不是拿著漢人的知識教育下一代的族人。洛馬比克是聰明的孩子，也是肯吃苦的小男孩，在他老人家的內心裡，是非常符合他所期望的條件，就是希望孩子長大後成爲sira do Zawang魚團家族⑤傳授家族史、部落史的人，讓島上的族人，認識他們的魚團家族，這是不讓洛馬比克去台灣念書的充分理由。

洛馬比克不僅慧根好，同時體能也非常好，帶在身邊在深山裡學習山裡的民俗植物的知

③達悟的傳說故事，孩子是從膝蓋降生出來的，於是達悟人的用詞說孫子，依然沿用至今。

④pazopo（羅漢松）達悟語意是意志堅強，不畏風雨日曬，是達悟人製作船槳最上乘的材質。

⑤達悟人家族以父系爲核心，在海上飛魚漁撈男性命運緊密的家族。Zawang意指居住在靠近河床的魚團家族。蘭嶼島上各部落的家族便以「魚團」區分不同的氏族。

識，學習造船伐木，在海上學習潮水與月亮的變換，認識魚類的名字，未來當個傳統的知識分子，夏曼．姑拉拉摁心裡想的就是這個事，就如自己是依姆洛庫部落的智者一樣，受島上族人的推崇，達悟民族的哲學家。

一九六七年洛馬比克畢業的那年夏天過後的 kaneman[6]，父子倆在立巴杜克山區砍了四十幾棵樹，每棵樹都是一個成年人雙手抱起來那樣的粗大，少說也有六、七十年的樹齡，大部分是 cyayi（龍眼樹）、pangohen（賽赤楠），這兩種樹在飛魚季節過後的夏天，長滿許多成熟的果實，象徵多子多孫的意義，這是達悟人建屋時最佳的樹材。洛馬比克的父親告訴他這些，並且在這個山區也要培植相同的小樹苗，培育幼苗，留給未來的孫子取用，同時又說龍眼樹是煙燻飛魚、煙燻豬肉最上乘的樹，而賽赤楠不可以拿來當柴燒，因爲這種樹燃燒起來的煙特別得多，讓人流很多的眼淚，男人是不可以流淚水的。洛馬比克聽在耳裡，想在心裡，這是學校所有課本裡沒有的知識，父親在山裡的語言都帶著很深的哲理，就像寧靜的大海總是給人許多的想像，父親的每個字意彷彿是天空的眼睛[7]閃爍著航海人的希望。

他的父親把每棵樹劈成兩片，而後斧削成一塊塊木板，在洛馬比克的內心裡，一半是給父親，一半是給神父，至少他認爲明年他還有希望去台灣念書。此時，他的父親希望建造一個工作房給洛馬比克，建一個孩子談戀愛的空間，讓他早一點抱孫子。這個山區是 sira do Zawang 家族的傳統林園林地，父子倆在這兒已工作了一個半月，洛馬比克專注的看著父親使用斧頭的技巧，看著父親每天重勞力的工作，一天下來不覺疲累的樣子，讓他佩服至極。父親邊斧削一塊塊的木板，他自己也邊扛著幾十塊的木板，搬運到乾河床的出海口，彎彎曲曲的河床路來回約是三公里的路程，說是父親營造給他的成長儀式。這個時候，他開始有了想要背叛父親的念頭，想走自己的路，短暫的叛逆可能不是一件壞事，他如此安慰自己。

在這個一個半月的勞動，他知道，台灣的初中已經開學了，而學校成績比他差的兩位同學已去了台東念書。他想，他絕對有實力跟台灣的學生在成績上比較高低。每天在山坡、河谷來來回回扛著幾塊的木板，過程中不忘記想著未來當個知識分子的夢，然而他這個夢，他是沒有一絲斗膽跟父親提起這件事的，但他自己並不理解，父親希望將他訓練成為傳統的知識分子的人，對他的未來有什麼意義。

初秋的季節，人之島⑧已漸漸遠離了颱風駭浪的肆虐，島嶼南邊在這個季節經常是風和日麗的好天氣。台灣來的客貨輪在依姆洛庫部落的外海下錨，卸下台灣來的貨物已經好幾趟了，部落裡的雜貨店的雜貨又爆滿了起來，讓那位台灣移民來的老闆娘，微胖年輕女人，在冬季來臨前庫存美麗的笑容，庫存甘甜的高粱、苦澀的米酒，吸引蘭嶼島上被共匪打敗的老

⑥約是陽曆的十月底，這是達悟人傳統曆法製作石灰的季節，是年度裡最不吉利的月分。
⑦達悟語的天空的眼睛是指天空的繁星。
⑧達悟人稱自己的島嶼為人之島（pongso no Ta-u），現在更名為蘭嶼。

部落友人，正在製作他的第一艘拼板船。

兵來消費，但微胖的老闆娘始終都不會吸引洛馬比克的眼神，這是因爲他父親告訴他說，胖女人是懶鬼，而且萬一死了，體重太重，無法一口氣的揹到墓場，讓活人活受罪，屍體也比較快腐爛。但每天的夜晚，微胖的老闆娘知道洛馬比克是聰明的小孩，所以經常找他來店裡幫忙分類雜貨。

但每趟的船班，白天他都和父親在山裡伐木工作，他認眞的協助父親伐木，認眞的工作，聽父親的話，是希望父親可以回心轉意給他去台灣念書的機會，在這個未開化的小島希望學成返鄉當個知識分子，況且神父去了台灣又回來了，等著洛馬比克的父親，跟神父點頭示意。在深山裡，洛馬比克還在燃升這個夢想。

神父給他一封信。

洛馬比克：

很久不看見了我們，我們四個人蘭嶼的和我在那個東海初中上台灣人的課，聽不懂我他們在台灣的國語，不會算我他們在台灣的數學，如果有來你的話，可能還是會你第一名，神父去蘭嶼，我就給他給你這張紙，我們住在天主教堂的旁邊的旁邊的小房子，我們天天聽見ㄆㄚ的火車聲音，眞的那個輪子是鐵的，好啦希望神父帶你來台東。

同學　胡太滿　民國五十六年×月×日

每次上山，他就帶這封信放在口袋，希望給他父親看，也是唯一去台東的證據，但他也知道父親根本看不懂漢字，只是想跟父親說是台灣的政府要他去台灣的證據，然而在他的心裡更害怕父親把這封信拿來捲菸蒂抽菸。胡太滿去了台灣，他將來是這個島嶼的知識分子，心裡燃起了羨慕胡太滿的念頭，他很掙扎，聰明不一定就是命好，他如是想。

一九六四年的雙十節，那時他們是國小三年級的小學生，台灣的國民政府接收日本在蘭嶼的番童學校才十多年的光景。這一年也是行政院退除役官兵輔導委員會在蘭嶼設立蘭嶼指揮部的第六年。在這六年中，輔導委員會利用台灣移民來的現行犯服勞役，在蘭嶼各部落面海的，島上少有的平地設立了四個農場，分別是蘭嶼農場、中興農場、永興農場，與翠薇農場，於此同時也從台灣引進黃牛。這幾個農場是給老邁士官在荒煙蔓草養牛經營，以及四所監獄之用。監獄以九隊、十隊、十一隊、十二隊爲代號，監禁台灣來的現行犯。農場與監獄的那些土地的建屋地目全是輔導會從達悟人手中無償強占來的，而且都是每個部落最好的水芋田農地，然後在全都是漢人行政人員組成的蘭嶼鄉公所登記爲「蘭嶼農場用地」。洛馬比克的父親始終不明白各部落最好的水芋田，爲何在很短的時間就轉換成爲外來者的土地。

因此，輔導會侵占這些土地，是他害怕孩子將來當老師會成爲欺負自己族人的幫凶，他認爲這是有可能發生的事，所以不讓洛馬比克去台灣念書。因此台灣政府侵占這些小島最好的土地，深深烙印在島上耆老們對外來者的恨與永恆的痛。洛馬比克的父親認爲漢人不僅是偷竊者，更是不講明理的侵略者，他的忿怒轉移到孩子的身上。

蘭嶼指揮部裡的監獄稱之第十隊，指揮部的行政中心與廣場面對依姆洛庫部落的傳統墓地，墓地前面就是太平洋。一棟建築的行政中心的後面空間，左右各蓋了兩棟平行的囚犯獄所，每一棟可以容納四十個囚犯，建築物中間空地的寬度約四十公尺，長度七、八十公尺，在最裡面搭建一個約一公尺高，十坪左右大的司令台，是囚犯在島上進出開闢道路服勞役，以及晚上回獄所的點名地點。司令台不僅是駐地軍營宣誓效忠國家的展示場，也是囚犯平時消磨時間歌舞表演的舞台劇場，劇場有兩根柱子，高度約莫四點五公尺，漆上大紅的油漆，篆刻著達悟人至今還不理解的兩句古詩：

養天地正氣，法古今完人。

但是洛馬比克自己翻譯給他同學，說，它的意思是「我們要養那個天空，那個土地就會正確的呼吸，沒有辦法那個時候的古代人，所以今天的人就沒有辦法很那個完整」，經過他的翻譯解釋，同學們因而非常佩服他的聰明，而且也沒有同學質疑他的解釋正不正確，尤其胡太滿，更是把洛馬比克這樣的解釋視爲經典，牢牢的記在心裡。

第十隊裡有位編號0297的犯人姓陳，自稱是竹聯幫的外省人，聽說是屏東空軍官校被退學的流氓。0297身高約莫一百八十多公分，囚犯出外開闢道路，他是監工，也是班長。他

爲人溫文儒雅，眉清目秀，一副書生相貌，每天看過時的《新生報》，剪下英文單字，背誦英文句子，不出外勤就在指揮部裡從事行政書寫的工作，穿梭在軍人與囚犯之間的角色，成爲其他囚犯的巴結對象，更是典獄官管理馴服性格倔強犯人的中介，於是0297在島上四所監獄的囚犯心中是厲害的角色，溝通的能力非常好。他的毛筆大小字尤其寫得非常好，0297就是跟洛馬比克說過，在未開化的島嶼做個現代「知識分子」的那個人。

在這一年雙十節來到前，0297在面向依姆洛庫部落的監獄牆上，漆上「殺毛賊、滅共匪」六個大字報，這不僅讓指揮官臃腫的臉更加紅潤，聽說也受到蔣委員長的讚賞與召見，自此0297就備受輔導會、軍官的禮遇。他的中國國學常識也非常的豐富，這是指揮官器重他的主要理由。在那個時候，他帶領他的監獄裡的好友，在蘭嶼指揮部的外圍插上許多許多的國旗、國民黨旗。在依姆洛庫部落的國民黨鄉黨部，也因此命令依姆洛庫部落的原住民懸掛國旗，家家戶戶染上紅、藍、白色布料也是這個民族的頭一遭，在秋風的襯托下，旗海飄揚，從外海遠望依姆洛庫部落眞像個新興的城市，在漢人來了之後好像所有的一切都是新鮮的。於是，後來就讀蘭嶼國校的學生在不識字，在不會念ㄅㄆㄇㄈ前，都先學會說「殺毛賊、滅共匪」的口頭禪，成爲達悟人與那群漢人起初相遇，彼此間和諧共存的符號。而且，發號施令的擴大機播放著煞是振奮人心的軍歌，驚嚇島民祖靈的魂魄，驚動達悟孩童的耳膜，胡太滿尤其是最愛聽軍歌的孩童。

雙十節當下旗海飄揚的絢麗景色，吸引島上六個部落的耆老，他們都全副武士裝扮，從自己的部落徒步前來蘭嶼指揮部觀看旗海、慶典。他們非常好奇，相互詰問，這是什麼樣的日子。

聽說是kokominto（國民黨）出生的日子。

什麼是國民黨？

聽說kokominto是大陸的kyusanto（共產黨）的敵人。

什麼是共產黨？

聽說kokominto被kyusanto打敗。

所以kokominto就來台灣。

所以kyusanto比較厲害。

國民黨，共產黨，達悟人不知道那是什麼意思？這是新的名詞，新的達悟詞彙，也都是中國大陸的產物，都是漢族，也是蘭嶼島上新來的人種，製造衝突的民族。

原來前來進駐蘭嶼的軍人是被打敗的國民黨，達悟勇士們此時似乎就不甚喜歡與這群人打交道，而始作俑者，說台灣國軍是次等軍人的人就是洛馬比克的父親，夏曼·姑拉拉摁。不必人家跟他說，他也知道是自己的父親在掀風作浪。

全副武士裝扮的達悟勇士聚集在馬路邊，觀看著蘭嶼指揮部慶祝雙十國慶的儀式。島上其他三所監獄的典獄長也都率領獄所內優秀的囚犯徒步前來蘭嶼指揮部，共同慶祝中華民國國慶日的盛會，瞬間指揮部廣場熱鬧了起來，彷彿感受到「反共抗俄、殺朱拔毛」有希望似

的氣氛。勇士們的裝扮是達悟人自製的籐盔籐甲，以及長矛，各個嬉笑如常，交頭接耳口訴自己對首次見到軍人莊嚴模樣的觀感。軍人的武裝一致，每人也配著M16的步槍，乍看下，文明與落伍對比顯明。M16的步槍是殺人的武器，長矛卻是驅趕惡靈用的。這樣顯明的對照，印在洛馬比克的腦海，很快就有了初始的判斷，以及矛盾。

蘭嶼國小師生也被邀請參與國慶慶典，這個島嶼第一次的異族盛會，第一次便由洛馬比克率領全校師生，而蘭嶼山地文化工作隊，也由他漂亮的表姊領隊，吸引著數不清新移民男人色迷迷的目光。

會場前幾排是四所軍營的軍官代表，有椅子可以坐，後面數排沒有椅子可坐的是各監獄之囚犯代表，在優秀囚犯隊伍後面是蘭嶼山地文化工作隊，接著蘭嶼國小。隊伍排列著非常整齊的井字形隊伍，氣氛也被營造得莊嚴隆重。所有囚犯形貌表現出無辜看似需要人同情模樣。0297充當國慶典禮的司儀，那天他特別穿上燙過的囚衣，但是囚衣後面沒有烙印0297囚犯代號。他自信的神氣與從容的儀態看來很讓人羨慕，展示他過去是正牌空官的架勢，站在司儀台上彷佛是他習慣的舞台，就是指揮官的架勢也沒他那股令人欽羨的氣質，他一一的邀請地方長官坐在司令台上的貴賓席，蘭嶼鄉鄉長是其中之一，穿著救濟來的西裝，沒有領帶也沒有鞋子穿，也不知道他爲何坐在貴賓席上，這個儀式看在洛馬比克的眼裡記憶深刻，也深深的被震撼。

指揮官冗長的效忠愛國之講稿，以及聽不懂的外省腔讓人心煩，彼時人們最需要的是一片雲朵，遮住陽光，儀式程序到了呼口號時，0297很神氣的站上司儀台上，眼神掃射台下的人群，看來眞像個軍人，而不是流氓，他喊一句，廣場所有的人群接續高喊同一句口號：

「呼口號……」

「三民主義萬歲……」，「三民主義萬歲……」

「中華民國萬歲……」，「中華民國萬歲……」

「復興中華文化……」，「復興中華文化……」

「消滅萬惡的共匪……」，「消滅萬惡的共匪……」

「拯救水深火熱的大陸同胞……」，「拯救水深火熱的大陸同胞……」

「蔣總統萬歲……」，「蔣總統萬歲……」

「萬萬歲……」，「萬萬歲……」

接著，蘭嶼國小代表出列，洛馬比克出列，文化工作隊代表出列，他的表姊杜一筆出列，青年文化工作隊代表，他的堂哥俄那恩出列，俄那恩代表山地同胞跟著0297呼口號：

「三民主義萬歲……」，「三民主義萬歲……」

「中華萬萬歲……」，「中華萬萬歲……」

俄那恩一時緊張忘了還有「民國萬歲」，洛馬比克立刻跟他堂哥說：「還有『民國萬歲』……」

「對，還有『民國萬歲』……」

眾人因而又高喊，「對，還有『民國萬歲』……」

「復興中華文化……」，「復興中華文化……」

「消滅萬惡的共匪……」，「消滅萬惡的共匪……」

「拯救水深火熱的大陸同胞……」，「拯救水深火熱的大陸同胞……」

「蔣總統萬歲……」，「蔣總統萬歲……」

「萬萬歲……」，「萬萬歲……」

「拯救水深火熱的大陸同胞」是蘭嶼的山地同胞喊得最大聲。「水深火熱」達悟人難理解，說「海深火燙」比較合理。

高亢的呼口號聲，回響到部落上空，驚嚇了前來觀賞旗海的，全副武裝的部落耆老，他們緊張的相互詰問，他們鬼叫鬼叫什麼？

聽說是要給 kyusanto 聽。

直衝雲霄的口號，全是這個島嶼民族第一次的聽聞，耆老們說：

「我們島上的祖靈會被嚇跑的。」

「你們這樣的鬼叫鬼叫有意義嗎？」

「kokominto鬼叫即可，爲何我們達悟的年輕人也要跟著鬼叫鬼叫……」

站在呼口號群衆外圍全副武裝的部落耆老，衆聲吶喊鬼叫Hey[9]……，Hey……聲勢隆重，耆老們翻瞪眼的凶惡表情，並不時的搖晃鏽蝕的尖形鐵長矛，Hey……，Hey……的吶喊聲不斷的重複，聲勢的浩大，煞有挑釁的氣勢。如此耆老們的全副武裝也是武裝軍人們頭一遭的目睹經驗，完全有別於，與共黨八路軍殺死對方性命的戰爭，雙方即刻對峙，司令台上的指揮官咧嘴高喊的說：

「造反啊！造反啊！」

武裝的土著勇士與荷槍實彈的武裝軍人對峙，雙方似乎都超出了彼此理解的程度，尤其是司令台上的，蘭嶼地區最高的指揮官。優雅的Hey……，Hey……聲音，指揮官認爲是挑戰軍人權威的尊嚴。

---

⑨達悟人激勵群衆的音聲。

「立正，上膛。」士官長斷喊道。

此時，鄉黨部主任即刻前來跟指揮官說明，「野蠻人嘛！」「野蠻人嘛！」這是他們的習俗，表示歡迎我們軍人的儀式，不是要與我們對抗的。指揮官紅脹的肥臉露出許多的汗水，在聽了鄉黨部主任的幾番話語後，情緒慢慢的緩和了下來，並指示軍隊收槍，說：「這些土人的行爲要不得。」

「土人不善戰，而且最害怕魔鬼。」鄉黨部主任解釋道。

此時，副官趕緊擦掉指揮官紅潤面容的汗水。

洛馬比克的父親夏曼．姑拉拉摁站出來跟武裝軍人說：

「你們鬼叫鬼叫什麼？」

「我們墓場裡死去的親人與祖靈會被你們嚇跑的。」

「他們被嚇跑怎麼辦？」

蘭嶼鄉黨部主任即刻命令代表主席翻譯說明，主席照實翻譯，說：

「你們鬼叫鬼叫什麼？」

「我們墓場裡死去的親人與祖靈會被你們嚇跑的。」

「他們被嚇跑怎麼辦？」

「原來是這麼一回事啊！」指揮官笑著，弄得雙眼瞇成海平線，說：

「有鬼，我就拔出手槍把他們ㄅㄧㄤ丶死。」

「他說什麼？」洛馬比克的父親問。代表主席說：

「『有鬼，我就掏出手槍把他們ㄅㄧㄤˋ死。』他說的。」

「他打得到嘛已經死的鬼。」

「那個野蠻人說什麼？」

「他說，你，他打得到嘛已經死的鬼。」

「世上沒有魔鬼，鬼怕手槍。」指揮官說。

「世上沒有魔鬼，鬼怕手槍。」

「Anito jiya.（鬼在說話，胡說八道。）」

「野蠻人說什麼？」「報告指揮官，他說：你說的沒錯。」

指揮官肥肥的臉笑著又說：「沒事啦！他×的，死野蠻人。」

「孩子，那個死胖子說什麼？」

「叔叔，說你非常勇敢。」

「叫他們別再鬼叫鬼叫。」

「野蠻人說什麼？」指揮官又問。

「他說你，非常勇敢。」

故事在代表主席巧妙的翻譯下，第一次在蘭嶼舉行的國慶日慶祝儀式彷彿圓滿落幕。

蘭嶼鄉黨部主任即刻感受任務圓滿達成，稱讚代表主席翻譯得非常完美。夏曼・姑拉拉

摁在其他部落眼前的神氣的表現也同樣得到族人很高的評語，展現他當地主的風骨氣勢。然而，只有代表主席才是真正的贏家，那些中文與達悟語的陰錯陽差的即時口譯，讓洛馬比克不得不對剛國小畢業的那位他部落裡的年輕人的機智另眼相看。他知道，那位代表主席是黑白亂翻譯的，但他在衆人面前臨危不亂，也第一次參與如此大的慶典，很讓他佩服。他也知道，他父親是刻意叨擾國慶日的慶祝儀式，是爲了在全島耆老們的面前展示他的威風，博得族人的敬仰的。

會後0297握著洛馬比克的手，說：

「好好念書，將來做個知識分子，好好爲你的族人服務，蘭嶼的知識分子多就不會被漢人欺負，將來你會知道，漢人不是很好的民族，唯有念書才可以開闢自己光明的前途。」

這番話聽在洛馬比克的耳裡，想在心裡很深。然而，在他從學校畢業後，他天天被父親帶到山裡工作，讓山神認他的靈魂，這一點洛馬比克是理解父親的想法的，就是希望做個有智慧的達悟傳統人，這是他父親對他的希望。父子倆在山裡伐木的這段日子，十隊監獄裡有三組犯人，每組有三人專門盜伐達悟人種植四、五十年樹齡的龍眼樹⑩，這類科的樹是達悟人觀念裡視爲最上等的材，他們取得非常容易，不用付費，拿來燒飯蒸饅頭。洛馬比克的父親在深山裡無論如何努力阻止犯人盜伐都無濟於事，犯人說，這些樹木是屬於國家的，父子倆、部落的人如何反應，指揮官片語不聽。不只是洛馬比克家族的樹被盜伐，那是包含全島的每個部落人的樹，這些盜伐事件洛馬比克都看在眼裡，也體會了父親厭惡漢人的心情，當

「知識分子」的企圖心因而更為強烈。他每天想著神父出現在他家，說服他父親的希望，也想著0297鼓勵他的話語，未來做個現代化的知識分子。這個事件在洛馬比克成長的過程中都落了很大的空，是一場天上仙女⑪捉了最大的彎，賜給他的騙局。

四十年後的今天他還在說，醉酒時說了三十年自我陶醉的知識分子的夢，不折不扣的醉酒夢。

二

那一天，老海人洛馬比克潛水回來，把六隻章魚賣掉換成新台幣之後，他買了六罐啤酒，身上這時還剩五百多塊。他邊走邊喝的望海，走向他潛水前的祕密基地，這個地方離部落的腳程約是四十來分鐘。走到這兒，手中的啤酒剩下兩罐，當他把潛水用具擺進不到三坪大的礁岩洞穴後，他走出洞穴檢視面海的右邊鐵皮，撿來的鏽蝕鐵皮上覆蓋一些防漏水的茅草，爾後開始搬運石頭，大小有序的堆疊在鐵皮上，他時而看天，也時而望海。

⑩這是造船建屋的樹材，達悟人視為私有財產，家族或個人的樹材都有自己的林地與先占有的記號，從小樹苗開始培育的。

⑪仙女是主宰達悟命運的女神。

天上一大片的雲層，呈暗灰色的，在他工作接近三個小時的時候，烏雲漸漸掩蓋他面山的右邊山頭，他感覺到吹來的風不僅濕氣很重，皮膚同時也略感寒意，他在上午潛水原來混濁的海面現在顯得更濁了許多，這些自然氣象的變化，他知道是颱風即將來臨的跡象。他再次的仰頭望天，風雲飄的速度愈來愈急促，吹得他趕緊加快堆疊石頭壓住鐵皮的工作，認爲可以承受颱風陣風與暴雨的侵襲後，他又快步的走回部落的家做好防颱的工作，水泥屋沒什麼問題！他如是想。他再次的光顧老陳的雜貨店，再次的買上六罐啤酒，以及一盒的紅色蠟燭，三包牛肉泡麵，之後再從容的走回到他望海的祕密基地。裸著上身，裸著心靈，正面迎風雨的吹襲，彷彿這個島嶼只有他一個人生活似的。

他忽隱忽現在部落裡的巷道，完全是沒有規律，白天的存在，夜幕的降臨，都隨他的清醒與酒醉調配的起床，情緒似乎在這樣的頻道律動，即便是最關心他的堂哥們，也習慣了他獨來獨往的個性，說穿了，就是不理會親戚們很熱誠的關心。疼愛他很多的兩位堂哥相繼辭世時，他也未曾參與傳統的出殯儀式。當他與閩南人在海上放浪時，他的雙親都是這幾位堂哥幫他處理後事的，依人性面而言，理應去關心堂哥們辭世的事宜的，但他沒有。爲此，日子久了之後，他十幾位的姪兒也就很自然的不與他來往，就算颱風即將來到，他依然我行我素，晚輩們因而跟他漸行漸遠，這樣的結果全是老海人自己造成的。

「颱風天，你要去哪裡啊！」陳老闆和氣的問。

「去我靠近海邊的家啊！」洛馬比克回道。

「颱風天危險啊！」

「不怕啦，颱風。」

三十年前來自福建省的陳老闆，在他結束了軍旅生涯後，就在老海人的部落開雜貨店。陳老闆有一年去大陸探親，他就交代老海人幫他做好店面的防颱工作，而許多大大小小的事，只要交代給他，陳老闆便覺得心安。當然，老海人在年輕的時候，就是在喝醉時經常說出對漢人不滿的事情，罵漢人是侵略者，破壞達悟人傳統習俗的凶手，然而陳老闆像是乖馴的土狗，不曾回應過半句話。但是，陳老闆店面的玻璃大門如兩張榻榻米大的，就是經常被洛馬比克擊破，老海人的發洩對象，清醒後也經常被他修繕，陳老闆也因此未曾去派出所報案。因為他知道老海人性情是很善良，知道老海人小時候的故事，尤其是，四十幾年前的那年雙十國慶，他就是當時的士官長，他也知道0297的故事，以及老海人經常掛在嘴上的，當個「知識分子」的這檔事。陳老闆是見證人，老海人年輕時喝醉時有暴力的習慣，過去是使用拳頭發洩，老了之後就用嘴巴發洩，也經常弄得他的店、部落人不得安寧，也理解老海人短暫的清醒像個脆弱的玻璃，尊嚴容易受傷。

「路上小心！」陳老闆叮嚀道，老海人舉起手上的啤酒示意。

陳老闆拉上了防颱的鐵捲門，洛馬比克走出店家，光著身子頂著逐漸強勁的風雨，邊走也邊喝，走過郵局，走過了衛生所，走過荒蕪的水芋田，他左側的蘆葦、茅草隨風雨飄舞，來自北邊的風，刮走長浪波峰的浪頭，浪頭湧向陸地上曲折的礁岩，一波一波的起起落落，

轟隆轟隆無私的拍岸，公路上除了洛馬比克外了無行人。

洛馬比克深愛自己微醉時的精神狀態，走起路來搖搖晃晃的，這是在最愛的感覺，像他年輕時在海上捕魚築夢的情境相似，也許，他認爲，清醒是留給潛水用的，不是拿來思考人類的大歷史。他更深愛駭浪拍岸時的豪邁壯闊樣。彷佛那是他醉酒時的心理寫照，海神湧起駭浪是清洗陸地的垃圾，而他卻是激起衆人對他的憤慨。當他喝完了三罐啤酒後，他已走到了他的祕密基地。他脫下已全濕的短褲，以及內褲，裸著身子進洞穴。

洞穴的門朝海，空間長約四公尺多，背山面約兩公尺寬以石頭堆疊，縫隙大一點的就用他穿過的破衣塞住，防堵強風，他在角落邊並做了爐灶。他門開著，風與浪沫直接入內，此刻他也開始生火，他看看暗灰的海平線，然後在灶上放上兩根粗大的龍眼樹幹，讓乾柴慢慢燃升洞內，以及自己的溫度。

穿上陳老闆給他的內褲，坐在石頭上，背靠在自製的木頭枕頭，開始望海，觀賞逐漸增強的海浪。

「來吧！來吧！用力的拍擊礁岸吧！」輕聲的說。

「反正，礁岸不會因你是颱風，就怕你。」

「但不可以堵住那些章魚休息的洞。」

老海人邊喝邊對著大海說話。喝完一罐台啤，他用手掌輕輕揉捏鋁罐，鋁罐就成了垃圾。

「都是你讓我喝醉啦，」他指著鋁罐說，然後又開了一罐啤酒，繼續喝也繼續觀賞駭浪。

洞穴左前方的棋盤腳樹的大葉子，迅速的被十級的風速吹落，吹進洞穴裡的，他一一的撿起丟到外頭。

「魔鬼樹的葉子，遠離我這個海人的家，魔鬼們，你們別妄想跟我同床。」又喃喃自語的說。

風雨愈來愈強勁，浪頭也愈來愈大，蘭嶼顯然已在暴風內，他如此想，即將宣洩浪頭波峰被風飛灑在整個洛馬比克視野所及的海面，灰白如天宇，假如沒有暗黑烏雲的迅速飄移，海天其實是一色的，這對他來說，是一則很讓他傷感的往日故事。

在台灣東邊有一個港口，台東人都稱之爲富岡港，算是小型的漁港。富岡鎮是三個族群，阿美族、大陳義胞，與閩南人組合的小鄉鎮，隸屬成功區漁會，包括綠島、蘭嶼爲其管轄的漁事領域。

一九七四年某月，在洛馬比克二十二歲那一年，也是他爲往返台東、蘭嶼的貨輪，蘭嶼輪，免費做船上運送貨物工作一年後，他滯留富岡鎮。

他原初的目的是，希望遇見他的小學同學，他的初戀情人，這一生唯一燃起過他生理慾望的女孩，也是他這一生唯一發生過性關係的女人。

也許他有天生做苦力的命吧，以及被他父親訓練的體能，勤奮、憨厚、耿直的本性，在蘭嶼輪裡當船工，恰是船長需求的對象類型。雖然說是他不需要工錢，只要有飯吃即可，但船長感受到洛馬比克的憨厚、勤奮，所以每個月還是會給他一千元的零用錢。

除了蘭嶼輪的收入外，在富岡漁港裡所有的漁船，他都去幫忙其他漁船搬運漁獲到魚市場，來廣結善緣，於是他的勤奮、憨厚、耿直的本性每個月也掙得了很多錢。

洛馬比克認爲這是他意外的收入，於是把這些錢隨興塞進破了口袋的夾克內，當起枕頭。在貨輪不出貨時，他也就隨興的從夾克內抽取幾百元，在富岡鎮的滷味店宴請年輕漁民吃喝，廣結善緣，希望有一天輪船不出貨時跟這些漁民出海抓魚，這是他原初的第二個生涯規劃，也是他最大的興趣，在海上討生活。悠然的隨海浪飄，假如沒遇見初戀情人的話。

他的年輕就是本錢，雖然他的達悟民族沒有釀酒、喝酒的集體習性，但是洛馬比克天生就有做苦力的本錢，體能也就自然的比同輩的朋友好，酒量也是，喝了幾個月，便與富岡裡許多的年輕漁民熟識，成了好朋友，於是封他爲「酒仙」，但他不喜歡這個封號，在某次的酒桌上，對他的漁民朋友，尤其是那位阿美族的阿忠，說：

「叫我海人。」酒桌上熱情的喧鬧，在乾杯的儀式後，高喊洛馬比克爲「海人」，這個封號就此成爲他極爲滿意的頭銜，成爲他專屬的名字。

富岡是一個小城鎮，人情味濃厚，大家皆以誠相待，共同被海洋、魚類擁抱的一群人，也沒有所謂的階級概念，加上漁船出海每次都豐收，所以富岡鎮的滷味店、海鮮店無不歡迎海人的光顧，他的耿直與豪邁擄獲小鎮住民的敬愛，而非海人金錢的揮霍。

冬天，蘭嶼如同台灣經常受著東北季風的吹襲，東北季風一來，海面便吹起六到七級的風浪，風速每每都在十級以上，淨重不到一百噸的蘭嶼輪，這個時候就會停航數天，或是更久。輪船是當時達悟年輕人來台工作或是回家唯一的交通工具，蘭嶼輪一停航，達悟人就經常滯留在富岡鎮，在便宜的旅店等候氣候轉晴的船班。

也許，洛馬比克是做苦力的命格，是海人遊子幽魂，沒有嬰兒善靈牽引的福氣。某夜洛馬比克與其他漁民好友從海鮮店微醉的走出門，走向碼頭裡的蘭嶼輪，途中他的情緒溫度忽然瞬間降低，即刻轉爲如當下冬季的寒冷，二十出頭的他，微醉形貌瞬間清醒，彷彿有件不愉快的事即將襲上心頭似的感觸。

即使夜間涼意濃厚，他仍裸著上身，肌膚的毛細孔感受冷風的侵襲，打了個噴嚏。

「Mangay ka dan o laklaktat ko.（願我的晦氣溜走。）」

富岡路中段的左邊，一家便宜的旅店門外坐著抱小孩的一對年輕夫妻，年紀與他相仿，他遠看就知道是達悟人憨厚的樣子，友人醉醺的喧鬧減弱了他眼神的注意力，也勉強擠出笑容，走著走著，他低下頭想著是什麼事讓他心神不寧，是家人嗎?信，不曾寫過給父母親在外報平安，縱然寫了，他的父母親也看不懂，信封信紙也會被他老爹撕來捲菸絲的。事實上，他頭頂上的靈魂依然怨恨父親沒讓他來台灣念書，即便來了台灣他也不知道如何進入學校就讀，然而不愉快的預感是什麼呢?他於是再次的把眼神瞄向那家旅店的門外，年輕的男人面向馬路背著妻兒吃菸，年輕的媽媽把頭髮往後梳理得很整齊，偶爾望著馬路來往的人群，時而低頭痴望懷抱裡的小孩，就在年輕媽媽抬頭時，兩人雙眼恰巧對視。

是她嗎?不可能!她的孩子嗎?不可能!她說過這一生，她只愛他，也許是別人的小

孩，海人如此告訴自己。

是她嗎？不可能！她的孩子嗎？不可能！她說過這一生，她只愛他，也許是別人的小孩，海人如此安慰自己。

心裡此時希望仙女告訴他這不是事實。他使勁的想著媽媽描繪過的仙女長相，走著走著，他專注的想，走了八、九步的腳，有了仙女影像在他腦海穿著達悟傳統服飾浮現，嗯……

「A...na, A...na, mu...Guvag, mu...Guvag.（喂……，喂……，古法格……，古法格。）」

仙女牽著小女孩背著他走，他追不上。海人泛著淚水，他知道，這個情形媽媽跟他說過，表示那位女孩跟他無緣。

已經五年彼此沒見過面了，此刻雙眼上方的腦紋飄浮著比夜間水母形貌更爲複雜的影像。兩個人從九歲上小學起就是相互敬愛的同學，一直到他們畢業，畢業典禮完畢後，洛馬比克把一部分的獎品分給洛伐特，那天他們在沙灘上的夜晚，洛馬比克腦紋的記憶裡循序浮現過去的清晰畫面，讓他會心的露出靦腆的笑容。他心愛的初戀情人，這幾年來他滯留富岡一直在企盼的人出現了，這次算出來的數學答案，不但是錯誤，而且是永恆的，不再有重新選擇結果的答案。年輕的洛馬比克停下兩步路，低頭拭掉他這一生流下唯一的情人淚痕，咳了一聲趕上友人的步履，佯裝沒事似的走姿。然而心頭裡煞是颱風的駭浪重擊他的魂魄，重擊汪海中遊子的木船，細胞的反應即刻感受到木船將來永恆是找不到港澳避駭浪的悲涼，起了如浮游生物隨洋流漂的宿命。日出升起時，想來是毀了昨夜的夢，夜色再次的降臨，已經燃燒不起如天空般的眼睛灑下的童稚夢。

「海人，過來喝酒。」

「海人，過來喝酒啦！」有阿美族阿忠、大陳義胞阿亮、閩南人阿狗、綠島人阿輝同桌的吆喝。

若非今夜，他的情緒突然從天堂墜落到地獄，絕對是二話不說的不續攤，這是他的個性。然而風浪的變幻是不可能被海人預期的，即便是海洋上的老船長，有經驗的大副也經常頻繁預測失誤天候變換的時候，自我毀滅的壞胚子，於是從那一夜起從地獄開始上升鑽入海人的心魂。

「來啦！海人，過來喝酒，」滷味店就在那家旅店邊。

「好吧！喝下去吧！」他告訴自己。

海人坐下前瞄了她一眼，確定是否就是洛伐特，他的初戀情人，也希望傳送他還有希望嗎的眼神。她的眼神很憂鬱，面容也很憂慮，少了她青春少女時期的奔放，多了初爲人母的慈悲神情。洛馬比克心裡想著，是她，就是她，洛伐特。那是她的小孩嗎？要不要跟她說話？海人正想鼓起膽子跟洛伐特說話的時候，她轉了個身子，面向碼頭的夜色觀望，望著那些搖晃的漁船，以及灰暗的夜空，雙臂不時的搖晃懷中的小嬰孩。我錯了嗎？海人低頭想著。

「海人，你要喝什麼酒？」

「什麼酒都喝！」

「乾杯！」二話不說的喝盡。

「海人，你吃什麼？我請客。」阿忠落下自信的口氣。

海人的內斂，讓他的朋友們不知道他曾經有過女朋友，也不知道海人為何不曾跟他們一起去妓女戶嫖的理由，在這樣的前提也就困難理解海人情緒低落的原因，只知道海人口中沒有說過「女人」這兩個字，即使是「媽媽」也沒有說過。

喝完一杯，海人幻想，希望時光可以重新來，又喝了一杯，此時年輕媽媽的男人帶一個已走路的小女孩走出旅店，小女孩揉著眼睛看來是剛睡醒的樣子，還不時的咳嗽。涼涼的風吹襲過來，吹向那位如他年紀相仿的達悟男人清秀的面容，他看見了他，抱起小女孩，很熱情的說：

「Kehakai kong si Zomagpit.（我同輩的男性朋友你好，洛馬比克。）」

「Kehakai kong siyaman...syaman. Sumalud.（你好，夏曼……，夏曼．舒馬洛。）」夏曼．舒馬洛⑫接著說。

海人想著，他情人的名字是希婻．舒馬洛。一時間他很難接受這個名字，有些錯亂。畢竟洛伐特，勤快的女孩的意思，是他父母親喜歡這個女孩的主因，況且是洛伐特在他們小學四年級的時候就追求他，說他是有領導特質的人。此刻短短五年的光陰，洛伐特已經更名為希婻．舒馬洛，是小女孩舒馬洛的媽媽，夏曼．舒馬洛的妻子。這個事實，即使天上的仙女也改變不了年輕夫妻有子女之後廝守一生的達悟習俗，此時洛馬比克強忍被撕裂的心痛擠出笑臉說：

「Mo pakatopsan do karan ko.（你怎麼知道我的名字。）」

「Sino jimakatopos do ngaran mo, sino jyaten do meiyangangai.（在我們島上同時期的人，無人不知你的大名的。）」

「Angai jido, mo kehakai.⑬（我同輩的男性朋友過來坐吧。）」洛馬比克同時叫了一碗麵給小女孩，舒馬洛。舒馬洛睜著大眼睛看著洛馬比克，洛馬比克略帶驚訝看著美麗的舒馬洛。但願是我的小孩，洛馬比克跟天上的仙女傳話說。

「Mamimin sira ya kehakai ko sira ya, so jimo amoyi mo kehakai.（這些都是我的朋友，你就別客套。）」

夏曼．舒馬洛不知道洛馬比克是希婻．舒馬洛以前的情人，且是初戀的深情情人，所以很眞情的接受了海人的邀請，並坐了下來與桌上的新朋友一一寒暄乾杯。

酒精溫熱了年輕人的熱情，加上東北季風的降臨海面掀起駭浪，漁船就在碼頭休息，讓那群年輕的漁民盡情的狂飲，天南地北的無話不談。

⑫ [illegible]族跟隨第一個命名的小孩更名，所以年輕媽媽的名字也是如此，女性稱之希婻．舒馬洛。

[illegible]，同輩的男性朋友相互尊敬的打招呼用語；對女性用語則是kavakes。

「朋友，記得我們的島嶼第一次舉行中華民國國慶日時，你站在那個司令台上非常的讓我們這些別村的人羨慕，那些軍人，那些島上的犯人，你喊一句呼口號，他們就跟你叫一次，你眞的非常勇敢，不膽怯那些漢人，讓我們這些別的部落的同學們對你的了不起很讚美，而且我們還聽說你在班上一直第一名，這樣他們說的。來，乾杯，爲你的了不起乾杯，而且謝謝你不嫌棄我。」夏曼．舒馬洛說。

「朋友，我們喝吧！」海人回敬。

「那是以前的事啦，朋友，第一名不一定命運很好啊！朋友。」

海人沉默數分鐘後，又說：

「你們來台灣做什麼？」

「關於你問我的問題，很不好意思說，主要是因爲舒馬洛，我這個女孩生病，帶她來台灣看醫生，結果……，結果天氣不好，船沒有辦法開到蘭嶼，所以就被天氣滯留在這裡。」

「爲什麼不去神父的地方住呢！又不用給錢。」

「關於你問我的問題，很不好意思說，主要是因爲舒馬洛，我這個女孩生病，怕傳染給其他的小孩那個病，還有我不好意思去那兒，因爲我是長子，我爸爸不要我來台灣念書，對那個神父不好意思。對，你說的，第一名不一定命運很好啊！朋友。」

「爲什麼老人家不讓你來台灣念書呢！朋友。」

「因爲犯人盜伐我家族的龍眼樹，所以他很恨漢人，他怕我將來學會漢人的壞習俗，怕我將來會欺負自己的人啦！朋友。」

夏曼．舒馬洛所遇到的問題幾乎跟他完全相同，也想當個知識分子，當個老師，改變自己的物質生活，無奈漢人給達悟者老原初的印象是不好的，讓他們的聰明被惡靈帶走，而不是神父的上帝來恩賜。

「那你呢！朋友。」

「跟你的遭遇完全一樣！」洛馬比克苦笑的回應，又說：

「來吧！再喝一瓶，乾杯！」

此時，希婻．舒馬洛走過來從他的男人懷中抱起生病的舒馬洛。洛馬比克在最近的距離注視著已爲人母的情人的倩影。希婻．舒馬洛面對洛馬比克，說：

「Kehakai kong.（我平輩的男性朋友，你好嗎？）」

「Ka...vakes kong.（我……平輩的女性朋友，你好。）」

這句話聽在洛馬比克的耳裡，好久好久了情人說的話，原本直接叫他的名字，現在卻是稱呼kehakai，既順耳，又傷感，又甘甜，像一道冷泉灌入男人在夏天的海上，如天空只下一滴雨水，無法滿足地瓜飢渴的根莖，只是極爲短暫欣慰。

我們是沒有被仙女祝福的一對，洛馬比克說在心裡，他因而專注的看著情人左右手各抱一個小孩走進便宜的旅店，此景看在他眼裡遠比沒來台灣念書是更深的痛苦。而搶她情人的人就坐在他身邊，還跟他一起喝酒。

「來吧！再喝一瓶，乾杯！kehakai.」

「來吧！再喝一瓶，乾杯！kehakai.」夏曼．舒馬洛抬高嗓門道，接著又說：

「我們的聰明被惡靈藏匿，被我們頑固的父親粉碎。」

「當然，乾杯，」洛馬比克察覺他情人的男人也是一位英俊瀟灑的人，也是跟他一樣是沉默寡言的小男生，認為情人嫁給他會是幸福的，只是心中忘不了第一次，第二次……與情人在月光下偷吃仙女禁果的浪漫情境。

兩個小情人在學校畢業後，在夏季明媚的月光下一同撈海膽，一同抓龍蝦，一同在天然的礁石洞升火煮海鮮，在夜間共同生活了十多天。白天在自己的部落工作，或遊蕩，夜間則相約在他倆的祕密基地，這樣的美好歲月希婻．舒馬洛絕對是忘不了的，他們的海誓山盟洛馬比克更是雕刻在心中。希婻．舒馬洛知道洛馬比克是抓龍蝦的好手，是海王子。他倆口中一同吃著肥甜的龍蝦，一同偷吃仙女的禁果，一同訴說著他們未來的夢與家庭。

「如果你的爸爸不讓你去台灣念書，我也不要去跟神父去台東學習縫紉技術，我們可以再等兩年，我們就可以去椰油部落念蘭嶼國中，我相信你還會是第一名的，聽說第一名可以直接保送台東師專。如果你去台東師專念書，我會去台東找工作，在台東等你畢業，然後我們就可以有孩子，在蘭嶼。我們等兩年就一起去蘭嶼國中念，洛馬比克，這一生我只愛你一個人，只愛你一個人……。」

「嗯，我也只愛你一個人，洛伐特。」

「這個礁石洞是我們兩個人的祕密基地，將來我們有小孩，也要帶他們來這裡，你抓龍蝦，我撈海膽，讓他們吃海鮮，他們就會像你一樣聰明……。」

這些故事就像是昨日的劇情，此刻的他，是無語問滄海，不像飛魚游走之後，明年還會再來。

他不恨初戀情人移情，但他厭惡希婻．舒馬洛的父親，說洛馬比克家的水芋田產量少，沒有很多貴重的黃金瑪瑙，怕女兒嫁過來挨餓，即便洛馬比克家族是航海的家族，各個都是抓魚的好手，但還是拒絕了這樁婚事。爲此，他們相約在台灣，坐船偷渡到台東的富岡鎮，一同打拚賺錢生子。然而，就在這個時候，洛馬比克唯一的姊姊與外省人私奔到台灣，於是洛馬比克與父親到台東尋找姊姊，父子倆在台東所有的軍營都找遍了，結果都落了空回蘭嶼。彼時未婚時的希婻．舒馬洛苦苦在異鄉等了洛馬比克一個半月，在她最需要錢吃飯，最需要情人的時候，夏曼．舒馬洛出現，帶著她去知本投靠造林的商人，自此他倆的思念在異地夜色拉起了漸行漸遠的帷幕，直到今夜相見了。

是的，他倆相見了，但相見的四個眼眸只是敘述著過去共食龍蝦的甘甜，只是往日美麗的記憶，拉起明天疏離的歲月，也著實感受到野生海膽難以計數的、有毒的尖刺刺進心坎的痛，這是他倆都有過的經驗，而被刺傷的皮膚自然痊癒的速度很快。然而，五年的期待，期

待海誓山盟誓約的實現的同時，卻在冷颼颼的秋末，在他們誓言相約的富岡碼頭巧遇。

此刻，海人請他的阿美族朋友阿忠，也是這麵攤的老闆來共飲。

「米酒一人一瓶。」阿忠說。

「當然。」海人苦笑著回道。

「好的。」夏曼．舒馬洛也熱情的回應。

他也是個漢子，硬朗開朗的年輕人，讓洛馬比克很高興的認識新朋友，尤其在異鄉，浮現的熱情淹沒了酒精的濃度。紅標米酒一人一瓶，夏曼．舒馬洛頭一次遇見兒時心中的英雄，這樣的情境是千杯不多，就像滿潮的海洋顯得格外的柔和深情。他們三人都是同年次的，說起話來也分外的投合，阿忠第一次與夏曼．舒馬洛相識，也第一次喝酒，當然他倆也就比海人喝多。喝到公雞叫的時候，希婻．舒馬洛走出旅店，跟她的年輕的先生說：

「孩子咳得不停，走吧！」

「洛馬比克，感謝你看得起我的先生，孩子生病，所以你的朋友先跟我回去，對你，很不好意思。」

嗯……洛馬比克在心海祝福他們。

洛馬比克把他與她的故事在他喝醉時告訴了阿忠，從那時阿忠方能理解洛馬比克不嫖妓的理由，也才深深的理解海人心中的事。第二天的深夜海人跟綠島人阿輝出海抓魚之前，海人把破舊的夾克交給阿忠，說：

「夾克交給希婻・舒馬洛，那些裡面的錢給他們帶孩子去看醫生。」海人出海之前深深的祝福他的情人與他不能相認的自己的骨肉舒馬洛。此時，當知識分子的夢完全破滅了，洛馬比克在八噸大的漁船上跟大海說：

「舒馬洛，爸爸祝福你快快好起來。」漁船此時承載著海人的心痛去追逐海平線的故鄉。希婻・舒馬洛⑭抱著舒馬洛在清晨的碼頭目送所有出海的船隻，破舊的夾克裹在舒馬洛的胸前，說：「那個人就是你的生父。」

三

颱風的暴雨飄來濃厚的海水，滲入海人祕密基地的石牆，這個礁石洞在四十年後的今天就在公路下方。老海人再次酒醒了起來，颱風的暴雨也吹得正是激烈的時候，雷聲吼，海浪翅翼展邪念，此時絕非是海神的長老，而是千古來的海盜神，蟄伏於狂野的浪頭，恰是公雞鳴叫天宇晨鐘之際，而老海人長年在午後用酒精的自我麻醉，養成了在這個時候起來，也是

⑭「舒馬洛」的達悟語意是：遠離母親出生的部落，孩子與生父無緣相聚。

劉嵩／攝，夏曼．藍波安／提供

他每天最清醒的時刻。

咻……，咻……的暴風驚動不了老海人用無數個石頭堆疊的礁石洞頂，也不漏水，他再次的在爐灶裡放上一小節粗大的龍眼樹幹，讓剩餘的紅炭繼續燃升。啤酒沒了，塑膠米酒罐也喝光了，強勁的暴風雨把老海人鎖在洞內，只有燃升的乾柴在這個小小的空間吸引著他清醒的眼神，以及已經僵硬的，原來裝滿美麗的夢的腦袋。

他的父親、初戀情人的父親都是部落裡最會說故事的耆老，更愛在深夜吟唱傳統古調的智者，是他最尊敬的長輩。此時他們已往生了二、三十年，對於他們生在日據時代，死在台灣政府統治的新時代，死在簡陋的十坪大的國民住宅裡，失掉了傳統葬禮老者死亡的尊嚴，這是他心海一直存留著極大的愧疚感，是因爲自己沒參與他們的葬禮；其實也是他最恨的兩個人，父親粉碎了他當知識分子的美夢，而希婻·舒馬洛的父親卻是破滅了他與深愛的情人的婚事。屋內燃升的乾柴，屋外的疾風暴雨，也湊巧的在他最清醒的凌晨讓他勾起了往事的回憶，淚水從他的眼角溢出，像此刻屋外的暴風雨水那樣的激烈，他知道清醒是自己留給海洋的情愫，鮮少留給自己清洗腦袋，反省自己的一生。反省自己怎麼落到這種極爲落魄的情況。淚水從他的眼角溢出，鼻涕也不由自主的竄流在他不規則的鬍渣，好恨自己沒有堅持，沒有堅持走神父開闢的路，他想在心裡。當老師，作育英才的職業，當知識分子做個有教養的人，落了非常大的空。燃升的乾柴火旺熱溫了洞內的溫度，但落下的暴雨濕了洞內的礁壁與堆疊的石牆，狂風駭浪劇烈的律動，老海人從模板縫隙望著漆黑的夜空，如果不是颱風

天，這個時候他已在海邊等候天明下海潛水的，說是清醒留給潛水的海，醉酒留給自己的墮落，然而此時的颱風天，他哪兒也出不了。媽媽的影子忽然顯影在他的腦海，Ina，他流著淚水，好久好久沒說的話，轟隆……轟隆……，駭浪狂擊礁岸的巨響聲，震動了老海人與初戀情人的基地，而洞裡的小石子也都濕透了，他坐在模板床頭仔細的望著興旺的火舌，「做個有教養的人。」媽媽的這句話猶在耳邊似的，火舌時強時弱的照明他那已泛著淚水的面容。媽媽知道他這個兒子是個聰明的小孩，為了他經常與她那固執的男人吵架，為孩子在現代化後的希望吵架，也為被蘭嶼指揮部強占他們的土地，囚犯盜伐他們的龍眼樹吵架，這些往事老海人都記憶猶新，於是清醒令他十分的痛苦，好似往事的記憶一直在他心海裡是非常清晰的。

「做個有教養的人。」他清醒時，確實是如此的氣質，確實是非常樂於助人的人，尤其大家都在建築新國宅的時候，他都未曾缺席，讓部落的人都刻意忘記他喝醉時的暴躁脾氣。此刻他撿起丟棄在角落的啤酒罐，裝在塑膠袋，仔細瞧瞧問自己，我怎麼啦？

媽媽，他最少思念的人，是怎麼死的呢？跟外省人私奔的那個姊姊，又是怎麼死的呢？而啞巴哥哥，他記得堂哥說是喝醉時走的，還不時的呼喊他的名字。他最親的親人沒有一位是他親自土埋的，火勢的興旺隨著強勁的風從縫口吹來，在洛馬比克的臉上時暗時明似乎激起了他對親人的冷漠，就快要六十歲的人了，他心中方有些絲絲的愧疚感，難道那邪惡的老巫婆的咒語眞的應驗了嗎？假如我死的話，是誰會埋葬我的肉體呢？

暴風狂浪繼續肆虐小島的全部，咻……，咻……的狂風掀開了海平線的帷幕，漸漸有了些些的明光，他看得出浪沫飛灑在潮間帶上方的荒煙蔓草，他的祕密基地邊的棋盤腳樹葉被吹得一片嫩葉都不留，我怎麼啦！他再次的問自己。問自己爲何出生在巫婆興盛的年代，而不是基督宗教在島上熱絡的這個新新時代？問已往生的父親，爲何如此的恨神父的上帝，恨隔壁家的仇家，那位瞎了眼的老巫婆，給了老巫婆機會在每天的午夜口中熟念那些詛咒，咒語就是針對洛馬比克念的。

Yako toyuhen marahet a cireng jimo am, ano mina kayou ka do kahasan yam, lablabnoy kaya a abo so sivuvong do karawan a ipeipangongoyod no ta-u a, ikatuplis da no inapo nyo a mapakametdeh so kayikayilan, matoyu do apo nyo ya.

我將咒語驅趕到你的身上，假如你就是山裡的木材的話，你是低等的樹材，長大後沒有子嗣的被人們嘲笑，這是你的祖先欺負村人，在他們後裔應有的報復，我這樣的詛咒，應驗在你們的這位孫子。

洛馬比克的父親在老巫婆去世後，固然從興隆雜貨店買了一串的鞭炮驅除巫婆亡魂的惡靈，認爲這是對付惡靈新鮮的武器，結果他並沒有徹底驅走巫婆的魂，反是他在第二年也去世了，雖然洛馬比克及時坐飛機趕回來，還是來不及參與出殯的儀式，但他不懊悔，至少父

親欠了他這一生當知識分子的夢。於是家人全走了，家裡的財富也被參與幫他處理後事的親戚們給全部均分了，只剩一塊，當時與父親在山裡伐木如榻榻米大的龍眼樹木床留給他，這些事情令他百思不得其解，只能用籠統的語彙說是巫婆的咒語實現，自此他開始更勝於以前的酗酒，每次喝醉一定鬧事發洩，像海浪自己有週期性的好壞脾氣，讓部落人經常是不得寧靜，他兒時給人聰慧的形象，優質的氣質，在親人全部往生之後，他的孤獨成爲他酗酒，慰藉自己的貢品。

有一回他抓了許多龍蝦，賣了很多錢，那晚他喝得爛醉，喝醉激發了他的野性，一個人跟十隊裡的十多位囚犯幹架，他被揍得剩下半條命，如果不是0297及時趕到急救他，也許洛馬比克早已成了部落人的歷史記憶了。當年受的重傷在他五十歲以後仍有後遺症，尾椎已經側彎了，所以走起路來就像三輪車右邊車胎沒氣似的傾斜一邊，脊椎像鋼筋失去了扭轉腰部的機能，遠遠看去他走路的模樣，好像地球在傾斜的感覺。

此刻他走下木床，翻動赤焰的木炭，火勢立刻旺了起來，好似也燃升他體內的酒蟲，所幸強烈颱風讓他無法出門，也讓他在這個小洞穴有比較長的時間清醒，他算一算口袋裡的錢，看看已經明亮的天，望著令人生畏的駭浪，起伏在一片遼闊的大海，洶湧勝過洪水，天宇宣洩他所有的怒氣，強大的暴風雨依然流連不走，讓他憶起了至今仍然沒有膽識承認的親骨肉——舒馬洛。

快三十歲了吧，他想，他聽說舒馬洛在長庚護校畢業後，去了花蓮的門諾醫院當護士，並且已嫁給阿美族的青年，女兒的男人在某個天主教堂當傳道人，所以應該已為人母親了。假如這是真的話，他也應該是某個小孩的祖父了，想到自己已是祖父級的身分，就如旺盛的火苗溫暖了他的面頰，他會心一笑，笑給天神聽，也笑給巫婆黯淡的眼神，想著他已經有後代了，第一次感受當了祖父的榮耀，雖然只是聽說，但總比沒聽說的好。

風勢依然強勁，浪濤依然狂野，接下的是豪雨從天俯衝下來，這是無堅不摧的強烈熱帶氣旋，熱帶颶風，幸好野蠻的狂浪波及不到老海人堅固的祕密基地，他困難的打開木門，把裝滿雨水的塑膠桶提進洞內，然後沖洗被乾柴烈火煙火染黑的鋁鍋，想著兩位珍貴的女人的靈魂，她們的善靈與他一絲緣分都沒有的女人，此刻很讓他心神平靜。

他專注的看著灶上鍋裡熱水滾滾的形貌，也是滾滾的汪洋巨浪都是碰不得的，老海人丟下兩包牛肉麵，想著，初戀情人當時清秀的，帶點些些野性的憂鬱，賢慧的面容，是他喜歡的類型，女兒是否有她媽媽的氣質？

雖然他們同住在一個小島，但不在同一個部落。舒馬洛的媽媽嫁到朗島之後，偶爾在飛魚季節到漁人部落探望父母親，然而，在她弟弟在菲律賓海域捕魚罹難時，她的雙親因思念獨子相繼往生後，她就不再走進她出生的部落了。這些事件老海人都知道，他一邊吃著泡麵也邊思考初戀情人分手後，那些令人傷感的往事，這個時候他倆青春期所有的夢想不但成空，還落得讓人不勝唏噓，尤其夏曼．舒馬洛過勞死後，他的情人只有去依姆洛庫部落的郵局領老人年金時，才會出門。她枯坐在郵局邊門偶爾遇見洛馬比克從海裡回來，賣完章魚後

的側彎背影，而且沒有一次是老海人手上沒有啤酒的。時間的長久，她已淡忘了洛馬比克兒時聰慧而自信的面容，就經常忘記祝福他，但一想到仙女沒有祝福他們，希婻．舒馬洛還是難以掩飾其落寞感。

老海人麵吃完已是午後，颶風暴雨來得快去得也快，它遠離了，這是他喜歡強烈颱風的原因，而厭惡扭扭捏捏的，愛走不走的輕度颱風，換來的是西南氣旋，這也很讓島上的人苦惱的氣象，人們只能看海，不能潛水抓魚來生計，尤其是老海人，他幾乎是依靠尋找章魚賣錢過生活的。雨停了，雷聲以陰沉的吼聲劃破空氣，告訴人們颱風過去了訊息，但海風吹來是迷霧的帷幕，後來灰色雲層取代了烏雲，從後方迅速移來，即使烏雲帶走了豪雨，但古老的海盜惡靈依然在使力放射它原初的野蠻，掀風作浪，雨停之後老海人就坐在洞穴頂上的礁石，看著風神在海水上方施加壓力，掀起駭浪的壯闊，宣洩前的巨浪，其優美的形貌如切割的竹節成拱門，一波波的排倒在他前方的礁石，轟隆轟隆的海震，震動老海人的心臟，從海平線起一排排的駭浪好似有股洩不完的怨氣，又把許多人們丟棄的垃圾還給了陸地。

老海人繼續專注的觀賞颱風過後巨浪拍岸的雄壯，煞有怒而飛的氣魄，這是很讓他心脈感到舒暢的景色，於是根本就不知道部落的年輕人達卡安在其身邊坐了半小時的事情。老海人心裡默念著，海神，求祢不可以堵塞那些章魚的家，求祢不可以，求祢不可以。

達卡安這個時候摸了老海人的肩膀，說：

「Oya so saki mo maran.（這兒有酒，叔叔。）」

「Mo pawugto wan jyaken.（你嚇我幹嘛。）」

「Maran kowan ko imo! am mo jingozaya yaken.（我說過，叔叔好嘛！但你不理我。）」

「Kona mounai jya, tomita jimo mo maran.（我在這兒看你很久了，叔叔。）」達卡安接著說。

「Ko jya teleh rana manganako!（我已經重聽了，晚輩。）」

「Mo niyayi.（你來幹什麼？）」

「Mangbeh so panhatawan.（撿漂流浮球。）」

「Kognowun mo.（做什麼用？）」

「Panyakedan so wunen.（魚槍的延繩線浮球。）」

「Miyup ka, mo marang?（你要喝嗎？叔叔。）」

鹹鹹的強勁海風，弄濕了老海人許多疤痕且是不甚美觀的頭顱，而面頰右邊也是海水，他用手擦掉，想了半天，說：

「Yapira o mu nyahap.（你帶多少？）」

「Ya sa a.（只有一罐啦！）」

洛馬比克從口袋拿出了一百元，說：

「Mangap kappa so adowa.（你再去買兩罐米酒。）」

老海人下來走進洞穴，喝一口溫溫的水，然後又添了一節龍眼樹幹，青煙從石縫中被風帶走，冒出煙霧是讓達卡安知道他在裡面，自己也非常喜歡睡在有煙火的地方觀海。達卡安

這孩子是家裡的好孩子，但在學校裡是個不折不扣的逃學王子，同學們給他的雅號是「零分先生」，雖然這是嘲諷他在學校成績的不好，當然考試都是零分是事實，但他的體格健壯，好動，所以在他國中結業後，就非常的努力潛水抓魚。如今，他已三十來歲了，「章魚公子」已經取代了「零分先生」的外號，這些事情老海人都清楚。

煙火讓洞裡的溫度暖和，正好可以降低豪雨落下的濕度，洛馬比克把木門移開，這樣好讓他與達卡安可以洞口邊喝邊觀賞巨浪宣洩前的景觀，聽海震轟隆聲。

「Maran!（叔叔！）」

「Do sahad.（在裡面。）」

「Kownownai mo ri.（怎麼那麼久！）」

「Mangap so yakan ta among.（去拿我們配酒吃的魚乾。）」

達卡安環視了老海人的祕密基地，很調皮的說：

「Oya mo oziban no ka masaki ya.（這是你喝醉時的避難所嘛！）」

這是我的別墅，洛馬比克回道。

達卡安慣有的微笑面容又說：

「Apiya kayi ko jya, no masaki ko?（我喝醉可以來這裡嗎？）」

「可以，但不可以帶女觀光客。」

「不會啦！叔叔，我又不是低等人類。」

西南風依舊強勁，巨浪仍然展示其野性，好像他們兩個一樣的豪邁，他們說的主題也是海洋，也離不開章魚，一位是章魚師傅，一位是章魚公子，前輩是學校裡的資優生，晚輩是學校裡的低能兒，最終的結果是海洋與章魚把他們糾結在一起。在洛馬比克心中，學校成績的好與壞似乎不是出社會之後的最後結果，他看著達卡安，顯然他們倆在台灣的適應能力一樣是有問題的，但海浪給他們許多快樂，魚、章魚給他們物質上的滿足。

達卡安看著老海人S形的脊椎，心裡想著他是如何潛水？在他小時候，達卡安的父親經常與洛馬比克在夜間潛水射鸚哥魚，抓龍蝦，他不但吃過老海人的魚，也得到過他的龍蝦錢，時間飛逝，他，老海人，已是殘障者了，但是還在潛水養活自己。想著自己，如果將來沒有太太的話，亞潮帶的淺海礁岩是否還有魚蝦可抓呢！是否還有那個能力潛水呢！老海人，一個殘障者，身高一百六十多公分，稀疏的鬍渣，很硬的頭顱，以及結實而線條顯明的二頭肌，喜歡助人，卻厭惡他人施捨東西給他的一位孤獨人。

「Ni makongo o vokot mo ri.（你的脊椎是怎麼搞的？）」

老海人迅速的喝光了一杯米酒，達卡安也立刻的爲他倒一杯，差不多十波浪的時間的沉默，洛馬比克簡潔的說：

「這是因爲我年輕時在嘉義當捆工，主要是扛水泥，我那時年輕，我可以扛三包水泥，每天至少扛六百包，爲了賺錢。後來考上聯結車執照，和一位阿里山的年輕人一同承包嘉義縣農會的肥料的搬運，我太操勞了，所以老了之後就變成這個樣子。」

「喝啦！章魚公子。」

「來吧！章魚師傅。」

有一天，達卡安國中同學要回台灣，要跟他買幾條章魚。他二話不說的就去潛水，浮球上的網袋已有了五條章魚，就在他游回岸邊時，在他原來潛水的區域看見老海人，他靜靜的浮在海面注視老海人如何潛下水的姿勢。

左手握著勾章魚的鉤形鐵條，爾後側身的潛入水裡，而他僵硬的膝蓋是不能彎曲拍蛙鞋，而是用腳踝拍。達卡安想著，在這區域他明明已經完全掃過了章魚洞，但老海人還是抓了三條章魚，如此不方便的老人，竟然在海裡的神情是如此的不疾不徐，很從容，他於是由衷的敬愛這個長輩。達卡安游近老海人身邊，說：

「Maran.（叔叔。）」

「Tana.（走吧。）」

「Kama cikukweita?（你也來抓章魚？）」

「嗯！」

「Citayi.（等等。）」

「Weito pa so asa.（那兒還有一條。）」老海人說。

海水的混濁讓達卡安誤判如礁石般的章魚頭以為是真的礁石，章魚頭就在他們蛙鞋下五公尺深的地方。老海人在四十多歲過後，他的脊椎已經開始側彎了，維士比飲料、啤酒、米酒讓他的肺活量迅速降低，但爲了養活自己，只好在十公尺以內的亞潮帶不分晝夜的潛水抓龍蝦、抓章魚討生活，所以他部落附近海域的礁岩區的章魚洞，沒有人比他更了解這個區域的地形。

老海人側身潛入下去，在海裡裸著上身的肉體十分僵硬，即便海水的壓力，也擠壓不出老海人多餘的贅肉，其背面的脊椎眞如放大的小海馬形狀，而腳踝輕拍蛙鞋，這在達卡安的眼裡，宛如是膝蓋骨折的青蛙，令他莞爾一笑，即便是這樣的殘障，老海人很輕鬆的潛入海裡，折服了年輕氣盛的達卡安，然後用鐵鉤迅速的鉤住躲在礁洞的章魚頭，過程雖然只是十多秒，但老海人熟練的技術也讓章魚王子的他，由衷的敬重洛馬比克。瞬間的，章魚噴出黑墨，海面染色成墨色，隨著飄移的海流分散，看來像是天空稀疏的烏雲。

走吧！老海人說，那時已是早上清晨八點左右，兩人抓的章魚加起來約是九條，他們留最小一條在老海人的祕密基地用乾柴沸煮，其他的達卡安拿去部落郵局邊的麵攤兜售。

郵局鐵捲門尚未拉起營業，許多人便圍著達卡安攤開的新鮮章魚，人們爭鮮的先抓一隻來再說：我要這隻、我要這隻、我要……。等郵局開門給你錢，好嗎？達卡安。好的。達卡安耿直的性情，不占人家便宜的個性，是這個島民許多人都理解的，這讓達卡安在蘭嶼小有名氣的原因。

機車停在郵局的階梯邊，一位年輕的媽媽載著近六十來歲的婦人，還有小男孩，面帶笑容說：

「達卡安好久不見了。」

「哇！秀蘭，你已經是si nan kwa啦[15]！」

「Nan, Yapira o yasa ya.（當然啦，這一隻多少錢？）」

「送你啦，十多年來沒見面的見面禮物。」

秀蘭觀望達卡安依然和藹的臉，說：「Manuyong an?（眞的嗎？）」

中年婦人聲音低沉的回道：「Ayoi manganako.（晚輩，謝謝你。）」

「Cyaha, mo kamnan.（不用客套，阿姨。）」

「秀蘭，你很漂亮了呢！」達卡安多看她了兩眼，又說：

「Sino ngaran nyo?（你們的名字是什麼？）」

「Sinan Maveivou.（希婻．瑪飛虎[16]。）」

「Ayoi manganako.（晚輩，謝謝你。）」中年婦人又說了一遍。夏本．瑪飛虎[17]有七個小孩，在達卡安眼裡蒼老了許多，也許失去了先生，失去了唯一的弟弟的緣故吧！達卡安想在心中。

老海人別墅的青煙裊裊上升，微風從海面吹來，把青煙吹向山林，在晨光的照射下很讓人心怡清爽。達卡安帶了四罐米酒來，他們就坐在面海的洞口的樹蔭下喝酒，吃章魚。老海人跟達卡安敘述，說：

三十年前，在這兒夜潛的時候，鸚哥魚、石斑魚、龍蝦、月光貝、海膽非常多。三十年後的今天已經都沒有了，現在的魚、蝦變得比以前聰明，看見人就往深海游，所以會這樣，是因爲台灣來的竹筏，還有我們當地人，用高壓空氣的幫浦潛水，在海裡呼吸，可以游三個小時不浮出水面，所以已經都沒有海鮮了。我恨死了他們，你很會抓章魚，你是很不簡單的年輕人。

「我們的章魚一下子就賣光了，但有一條我送給我的同學，舒馬洛，現在她的名字是希嫲・瑪飛虎。」

「Cyaha, yata sira kadowan nan.（沒關係，他們又不是外人。）」

「早上不要喝多，」老海人說。老海人關起了木門，然後達卡安騎著機車載老海人回部落。他們經過了蘭嶼衛生所，而星期一的蘭嶼郵局來了許多領老人年金的人，兩、三處滷味

⑮ si nan kwa意思是結了婚有小孩的女士。
⑯ 意思是「孤單的人」。
⑰ 瑪飛虎的媽媽。達悟人一生至少改三次名字：未婚名字（洛伐特），爲人父母的名字（希嫲・舒馬洛），以及爲人祖父母的身分名字（夏本・瑪飛虎）。

攤聚集了各部落的老人，喝酒敘舊，說著過去的往事，在下個月的同一天的星期一，一些人還會再來相聚敘舊，說著跟上個月、上上個月一樣的故事。他們經過這些人群，然後老海人在老陳的雜貨店下車，進去買了四罐台啤。

「不用給錢，明天拿一隻章魚來。」陳老闆說。

「達卡安，你走吧！」

老海人走出店門的時候，一罐台啤已經喝光了。他把鋁罐用手掌使勁的捏住，鋁罐即刻成爲可賣錢的垃圾，丟進回收筒。

他繼續喝第二罐，獨自一人在公路上走，遠離滷味攤的人潮，希婻・瑪飛虎騎著機車載她母親夏本・瑪飛虎、她的兒子瑪飛虎沿著公路回朗島部落。洛馬比克孤伶一人走著，邊喝邊望著汪洋，他再開啓一罐台啤，而後仰天暢飲灌入喉道，他們三人駛過他身邊，夏本・瑪飛虎眼神移動望著右手邊的山，無數個微浪之後，夏本・瑪飛虎對女兒希婻・瑪飛虎，說：

「他就是你的生父。」希婻・瑪飛虎驚嚇的靠邊停車，扭轉脖子回看母親，說：

「Manoyang an?（眞的嗎？）」

媽媽低著臉鞠躬式的點頭，希婻・瑪飛虎無語望著汪洋卡在路邊，章魚被陽光直射，無數個圓圈的章魚吸盤漸漸失去了啜飲海水的生命，表皮色澤不再有變化。

「走吧！孫子的媽媽。」

洛馬比克回到他的祕密基地時啤酒已經喝光了，明天他還會繼續的潛水，也繼續的喝，但他已僵硬的腦紋，早已失去了對初春的海洋的浪漫想像，就像天主教堂鐘聲響起的星期天一樣對他一絲意義也沒有。

「媽，你怎麼哭了？」小男孩瑪飛虎看著媽媽說。

「Miko do takei mangap so wakei, ivawei ta so kuita.（我上山挖地瓜，配章魚吃。）」老婦人對女兒說。

希婻．瑪飛虎望海不回應，想著台東富岡小鎮的往事。

媽，很多錢在衣服裡面，你看……全是綠色的一百元。

Maka sagaz ka mo katowan.

願你們有大魚的靈魂。

INK PUBLISHING 文學叢書 233

老海人

作　　者　夏曼・藍波安
總 編 輯　初安民
責任編輯　丁名慶
美術編輯　黃昶憲
內頁圖片提供　夏曼・藍波安
校　　對　夏曼・藍波安　吳美滿　丁名慶

發 行 人　張書銘
出　　版　INK 印刻文學生活雜誌出版有限公司
新北市中和區建一路 249 號 8 樓
電話：02-22281626
傳眞：02-22281598
e-mail：ink.book@msa.hinet.net
網　　址　舒讀網 http：//www.sudu.cc

法律顧問　巨鼎博達法律事務所
施竣中律師
總 經 銷　成陽出版股份有限公司
電　　話　03-3589000（代表號）
傳　　眞　03-3556521
郵政劃撥　19000691 成陽出版股份有限公司
印　　刷　海王印刷事業股份有限公司

出版日期　2009 年 8 月 31 日 初版
2016 年 12 月 20 日 初版四刷
ISBN　978-986-6377-11-2

定價　270元

財團法人｜國家文化藝術｜基金會
創作及出版補助

國家圖書館出版品預行編目資料

老海人／夏曼・藍波安著；
--初版，--新北市中和區：INK印刻文學，
2009.08 面；　公分（文學叢書；233）
ISBN 978-986-6377-11-2（平裝）

863.857　　98013632